진실하고, 바르게

그리고 평온하게 삶을 살고 계신

_____님께

부처님의 가피가 함께하길 발원합니다.

절 마당에 앉아

성진스님 인생 방편집

절 마당에 앉아

1판 1쇄 인쇄 2025. 4. 18.
1판 1쇄 발행 2025. 4. 28.

지은이 성진

발행인 박강휘
편집 김민경 디자인 조명이 마케팅 고은미, 김민준 홍보 이수빈, 반재서
발행처 김영사
등록 1979년 5월 17일(제406-2003-036호)
주소 경기도 파주시 문발로 197(문발동) 우편번호 10881
전화 마케팅부 031)955-3100, 편집부 031)955-3200 | 팩스 031)955-3111

값은 뒤표지에 있습니다.
ISBN 979-11-7332-202-0 03810

홈페이지 www.gimmyoung.com   블로그 blog.naver.com/gybook
인스타그램 instagram.com/gimmyoung   이메일 bestbook@gimmyoung.com

좋은 독자가 좋은 책을 만듭니다.
김영사는 독자 여러분의 의견에 항상 귀 기울이고 있습니다.

인 생 을

둥 글 고

환 하 게

성진스님 인생 방편집

절 마당에 앉아

성진 지음

김영사

일러두기

책 속에 등장하는 불경 말씀은 '불교기록문화유산 아카이브'와 팔리어 경전을 참고하였습니다.

'아, 그럴 수도 있겠다.'

그렇게 생각해보는 겁니다.

산사의 아침은 고요함으로 시작됩니다. 처마 끝에 매달린 풍경 소리가 바람결에 실려오고, 마당 한편에 오래된 소나무는 늘 그 자리를 지키며 오가는 이들을 맞이합니다. 저는 종종 절 마당에 앉아 계절이 오고 가는 풍경을 바라봅니다. 연둣빛 새싹이 돋아나는 봄의 싱그러움, 짙푸른 녹음과 매미 소리가 가득한 여름, 알록달록 단풍이 물드는 가을의 충만함 그리고 온 세상이 하얗게 덮이는 겨울의 정적까지. 절 마당은 자연의 순환을 말없이 보여주는 동시에 삶의 희로애락을 안고 찾아오는 사람들의 발길이 머무는 곳이기도 합니다.

햇살 좋은 오후, 혹은 비 내리는 스산한 날에도 사람들은 저마다의 질문과 고민을 안고 마당에 들어옵니다. 휴휴정에 마주 앉아 가만히 그들의 이야기에 귀 기울이다 보면, 우리는 모두 다르면서도 참으로 닮아 있다는 생각을 하게 됩니다. "사는 게 너무 힘듭니다. 왜 저에게만 이런 시련이 찾아올까요?" "남과 비교하니 제 자신이 너무 초라하게 느껴집니다. 어떻게 해야 자존감을 높일 수 있을까요?" "나이가 드니 죽음이 두려워집니다. 어떻게 살아야 후회 없이 삶을 마무리할 수 있을까요?" 등 수많은 질문들이 절 마당의 고요함을 깨우고, 부처님의 가르침이 향기로운 위로가 되어 전해집니다.

인간은 누구나 행복을 갈망하지만, 고통 속에서 헤매기도 합니다. 모든 것은 변한다는 '제행무상諸行無常'의 진리를 알면서도 영원하기를 바라기에 괴로워하고, 홀로 설 수 없다는 '제법무아諸法無我'의 사실을 알면서도 나만의 것을 고집하기에 외로워하는 것이지요. 모든 것은 지나가고 새로운 인연으로 이어집니다. 그 흐름 속에서 자신을 잃지 않고, 매 순간을 소중히 여기며 살아가시길 바라는 마음으로 마흔 가지의 인생 고민에 대한 방편을 담았습니다.

이 책은 성관사 절 마당에서 오고 간 대화들을 씨앗 삼아 엮어낸 이야기입니다. 누군가의 아픔에 공감하고, 누군가의 질문에 함께 길을 찾으며 나눈 마음들의 동행입니다. 현대 사회의 복잡한 문제 속에서 길을 잃고 방황하는 이들에게 불교의 지혜가 어떻게 삶의 나침반이 될 수 있는지 전하고 싶었습니다. 화내지 않는 마음으로 즐거움을 주고, 상처 주지 않는 자비의 마음으로 서로를 보듬고, 집착을 내려놓아 평온을 찾으며, 모든 존재가 서로 연결되어 있다는 연기緣起의 가르침 속에서 관계를 회복하는 길을 함께 나누고자 했습니다.

책을 펼치시는 분들께 감히 해답을 제시한다고 말씀드리지는 못합니다. 다만, 이 글들이 잠시 자신의 마음 마당에 앉아 스스로를 들여다보는 계기가 되고, 고통의 순간에 작은 위안이 되며, 삶의 방향을 찾아 나가는 데 희미한 등불로나마 길을 밝힐 수 있기를 간절히 바랄 뿐입니다.

마지막으로 책이 나오기까지 도움주신 분들께 감사드립니다. 조계사 마당에서 시작한 인연으로 지금의 '절 마당'까지 인내와 정성 어린 도움을 주신 김민경 차장님, 무엇보다 성관사 절 마당에서 진솔한 마음을 나눠주신 모든 분들 그리고 이 책을 펼쳐주신 당신, 모두가 이 책의 인연입니다.

책을 읽는 동안 절 마당의 풍경 소리가 여러분의 마음에 한 숨, 머물기를 발원합니다.

2025년 4월 절 마당에 앉아서
성진 합장

1부

내 마음의 소리를
들어보는 시간

자존감이 낮아
걱정입니다

"스스로 너무 보잘것없이 느껴져 사람들 앞에 나서기 두렵습니다. 자존감이 너무 낮은데 어떡하면 좋을까요?"

요즘 강연을 하러 나가면 나이를 불문하고 여러 사람들에게 자존감이 낮아 고민이라는 말을 많이 듣습니다. 살아가면서 누구나 자존감에 대해 고민하는 순간이 있죠. '나는 왜 이렇게 자신이 없을까?' '다른 사람들은 왜 다들 잘 사는 것 같을까?' 이런 생각들로 마음이 불편하고, 스스로에 대해 의문을 품기도 합니다. 그런데 자존감이란 무엇일까요? 자존감은 간단히 말하면 '내가 나를 얼마나 존중하느냐'입니다. 우리가 자주 듣는 '자존감'이라는 단어는 사실 '자아 존중감'을 뜻합니다. 자기 자신을 얼마나 사랑하고 존중하는지가 자존감의 핵심이지요. 여기서 중요한 점은, 자존감이 남의 평가나 시선이 아니라, 내가 나를 어떻게 생각하느냐에 따라 결정된다는 것입니다.

자존감은 어린 시절부터 만들어집니다. 부모님의 사랑과 관심, 그리고 자녀를 존중하는 태도가 자녀의 자아를 형성하지요. 아이는 부모가 자신을 어떻게 대하는지, 어떤 말을 건네는지에 따라 자아 존중감을 배우고 자랍니다. 부모의 칭찬과 인정 그리고 때로는 꾸짖음 속에서도 사랑을 느낄 수 있도록 해주는 것이 아이에게 매우 중요합니다.

어른이 되어서도 여전히 자아 존중감이 중요한 이유는 바로 '나를 존중하는 것'이 나의 행복을 좌우하기 때문입니다. 흔히 말하는 '자존감이 낮다'라는 말은 무엇을 의미할까요? 자존감이 낮으면 나 자신을 잘못 생각하거나, 내가 잘못된 존재라고 느낄 수 있습니다. '나는 왜 이렇게 부족할까?' '다른 사람들처럼 잘하지 못하는 나는 아무것도 아닌 것 같아.' 같은 마음이 자주 든다면, 그건 자존감이 낮아진 상태일 수 있습니다. 그럴 때 우리는 자신의 부족함을 인정하기보다는 그 부족함을 숨기거나 외면하려고 합니다. 하지만 부족함은 누구에게나 있습니다. 세상에 완벽한 사람은 절대 없어요. 누구나 약점이 있고 실수하고 때로는 잘하지 못해 좌절하는 순간들을 맞이합니다. 그럴 때는 그런 나를 부정하고 숨기려고 하는 대신 부족함을 인정하고 받아들이는 것이 자존감을 높이는 첫걸음입니다.

> "자기 자신의 스승은 자기 자신이다. 자기 자신 이외에
> 누가 자기 자신의 스승이 될 수 있겠는가."
>
> ─〈법구경〉

　부처님은 '있는 그대로의 나'를 인정하는 것이야말로 가장 큰 지혜라고 하셨습니다. 혹시 '물 항아리 비유'라는 이야기를 들어 보셨나요? 어느 물장수가 두 개의 항아리에 물을 담아서 집으로 가져가고 있었습니다. 그런데 그중 하나는 온전한 항아리이고, 다른 하나는 금이 가 깨지려고 하는 항아리였지요. 물장수는 두 항아리에 물을 똑같이 담고, 집으로 돌아오는 길에 두 항아리의 상태를 확인했습니다. 당연하게도 온전한 항아리에 담긴 물은 그대로였고, 금이 간 항아리의 물은 거의 새어 얼마 남아 있지 않았습니다. 결국 집에 도착했을 땐 금이 간 항아리에는 물이 거의 남아 있지 않았어요. 금이 간 항아리는 자신이 부족하다고 생각해 물장수에게, 쓸모없는 자신을 버려달라고 부탁했습니다. 하지만 물장수는 깨진 항아리에게 이렇게 말했지요. "우리가 걸어온 길을 보렴. 너에게서 흐른 물이 길가의 꽃을 피우게 했단다. 네 부족함이 오히려 이 길을 아름답게 만들었어."

　우리는 부족하다고 느끼는 부분을 다른 사람들 앞에서 드러내

고 싶어 하지 않습니다. 하지만 그 부족함이 오히려 우리에게 특별한 가치를 부여할 수 있다는 것을 알아야 합니다. 상처 난 항아리 그 자체로 어떤 아름다움이든 만들 수 있듯이요. 우리도 마찬가지입니다. 부족한 부분을 인정하고, 그것이 나만의 특별함이 될 수 있다는 마음을 가지는 게 중요합니다. 내가 부족하다고 생각하는 부분, 내가 잘못했다고 느끼는 부분을 부끄러워하지 말고, 그냥 인정하세요. 그리고 그 부족함 속에서 할 수 있는 일을 찾아보세요. 자존감을 높이는 것은 완벽한 자신이 되는 것이 아니라, 나 자신을 있는 그대로 사랑하고 나를 세상에 던져 어우러지는 과정입니다. 부족하다고 생각하는 부분이 오히려 나를 더 깊고 풍성한 사람으로 만들어준다고 믿으세요.

"자기의 어리석음을 아는 어리석은 사람은
　마땅히 선한 지혜를 얻고, 지혜가 있다고 자칭하는
　어리석은 사람은 어리석은 사람 중에도
　참으로 어리석은 사람이니라."

— 〈출요경〉

그리고 '타인의 눈'을 의식하는 습관을 바꿔보세요. 우리는 종종 타인의 평가에 예민하게 반응하고, 다른 사람과 비교하며 자존감을 높이려 합니다. 비교는 때때로 좌절감을, 때때로 우월감을 느끼게 합니다. 나보다 못한 사람과의 비교에서 오는 자존감

상승은 일시적인 감정으로 우리는 금세 다른 비교 대상을 찾습니다. 영원히 만족할 수 없는 것이지요. 자신을 존중하는 데 타인의 시선과 비교는 필요하지 않습니다. 오직 스스로를 사랑하는 마음으로 있는 그대로의 자신을 받아들이는 자세가 첫째입니다. 한글 '아름답다'의 어원은 '나답다'에서 나왔다고도 합니다. 세상의 아름다움은 결국 각자의 고유함인 '나다움'에서 나온 것입니다. 우리가 스스로에게 '나다워서 아름답다'라고 이야기할 때, 우리 자신은 가장 존중받고 있는 것임을 잊지 마시길 바랍니다. 🙏

화를 주체할 수 없어
괴롭다면

살다 보면 크고 작은 일에 화가 치밀어 오를 때가 있습니다. 가까운 사람과 사소한 말다툼을 하거나, 직장에서 불합리한 대우를 받을 때, 혹은 뜻대로 되지 않는 상황을 마주할 때 우리 마음속에는 순식간에 불꽃이 일어나지요. 화는 그렇게 예고 없이 찾아와 우리의 마음을 어지럽히고 때로는 씻을 수 없는 상처를 남깁니다. 그렇기에 많은 사람이 화를 다루는 데 어려움을 겪습니다. 어떤 사람은 화가 나면 곧바로 폭발해버리기도 하고, 또 다른 사람은 그 감정을 내면화하여 쌓아두기만 합니다. 사실 화는 그 자체로 나쁜 것이 아닙니다. 누구나 느끼는 일반적인 감정이면서 몹시 일시적인 감정일 뿐이지요. 하지만 화라는 감정은 제대로 다루지 않으면 나중에 큰 고통을 불러일으킬 수 있기 때문에 다루는 방법을 잘 알아야 합니다.

사전에서 감정을 뜻하는 '화' 자를 살펴보면 한자로 '불 화火' 와 재앙, 화근을 뜻하는 '재앙 화禍' 자가 나옵니다. 글자 자체가 이미 무시무시하지요. '화'라는 감정은 글자의 의미처럼 뜨겁고 무섭게 번지는 속성이 있습니다. 만약 누군가 성냥에 불을 붙였는데 그 불씨가 떨어져 자신의 집은 물론 옆집과 온 마을까지 불태웠다고 해봅시다. 그런데 불을 붙인 사람이, "나는 그저 내 성냥에만 불을 붙였을 뿐이니, 마을이 탄 것은 내 책임이 아니에요" 라고 말한다면, 쉽게 납득할 수 있을까요? 그럴 수 없겠지요. 이처럼 마음의 불도 처음에는 단지 자신의 감정일 뿐이지만, 한번 일어나면 걷잡을 수 없는 불길로 번져나가 주변을 큰 상처로 얼룩지게 만들 수 있습니다. 그 때문에 화라는 감정은 어떤 감정보다도 더 세심하게 바라보고, 애초에 불씨가 되지 않도록 다스려야 합니다.

혹자는 부당함을 당하지 않으려면, 정의심을 발휘해야 하는 경우라면 '화'를 약으로 써도 된다고 말합니다. 하지만 그것은 어리석은 말입니다. 십여 년 전까지만 해도 도로에서 접촉 사고가 나면 누가 먼저랄 것도 없이 목덜미를 잡고 나와 삿대질하며 소리지르기 일쑤였습니다. 마치 목소리 큰 사람이 잘못이 없는 것처럼 말입니다. 하지만 지금은 각자 보험회사를 부르고 블랙박스를 통해 확인하는 절차로 문제를 해결하지요. 소리를 지르거나 폭력을 쓰면 오히려 처벌만 커질 뿐, 사고 해결에는 아무런 도움이 되지 않습니다. 상황을 냉정하게 바라보고 이성적으로 행동할 때 설득력에 힘이 실리는 것을 알아야 합니다. 최근 정치적 분열 상황에도 이런 모습은 자주 드러났지요. 한쪽에선 자신이 원하는 방향대로 상황이 흘러가지 않자, 폭동을 일으키고 사람을 다치게 하고 건물을 부수고 피해를 줬습니다. 과연 그 결과가 좋았나요? 아니지요. 아무리 부당한 경우라도, 자신이 생각하는 바가 확실한 이치더라도 이해와 타협, 배려 없이 '화'로 상대를 대한다면 일은 절대 원하는 방향으로 해결될 수 없습니다.

  불교에서는 마음을 항아리에 비유하곤 합니다. 마음에 뜨거운 화가 가득 차오르면 이윽고 항아리가 넘쳐버려 결국 우리 자신을 해치게 되는 것이지요. 또한, 화를 품는 것은 타인을 해치기 위해 뜨거운 숯을 내 손에 쥐고 휘두르는 것과 같습니다. 내 손이 숯에 타버리는 것도 모르고 남을 상처 주는 것에만 집중한다면 결국 자신이 타버린다는 사실을 잊어서는 안 됩니다. 저 역시도 사람인지라 불쑥 화가 나고, 가끔은 너무 무례한 상황을 보고 있지 못해 화를 내기도 했었습니다. 그런데 더 이상 화를 내지 않게 된 계기가 있습니다. 언짢음을 표현했던 어느 날, 밤새 몸에 열이 오르고 여기저기가 쑤시듯 고통스러워 끙끙 앓게 되었습니다. 그러한 경험을 몇 번 더 하자, 화가 인간에게 미치는 영향이 실로 얼마나 큰지 깨닫게 되었지요. 화를 내는 순간은 화를 표출하니까 화살로 쏘아 보내는 것처럼 속 시원하게 느낄지 몰라도, 그 화살이 사실은 나에게로 향하고 있음을 잊어서는 안 됩니다.

그럼에도 불구하고 화가 습관처럼 자주 일어나려 한다면, 다음과 같은 방법으로 불씨가 일지 않도록 해야 합니다. 첫째, 그 자리를 잠시 벗어나는 것입니다. 자각하진 못하지만 우리는 '화'라는 감정이 올라오는 상황이나 전조를 미리 느낄 수 있습니다. 화를 일으키는 상황과 대상이 대체로 반복되기 때문입니다. 우리가 반복해서 화를 내는 이유는 화를 내도 나에게 큰 피해나 손해가 없었기 때문입니다. 다시 말해, 한 번 화를 냈다가 감당하기 힘든 고통이나 손해를 겪은 경험이 있다면, 그다음부터는 쉽게 분노하지 않으려는 마음이 생긴다는 뜻입니다. 선택적으로 화를 낼 수도, 멈출 수도 있다는 얘기지요. 화를 통제해봤던 경험을 통해 안정을 찾는 방법도 선택할 수 있습니다. 그중 가장 쉽고 빠른 방법이 단 5분 만이라도 화가 일어난 그 순간의 공간을 벗어나는 것입니다. 마구 표출하지 않고 그 자리를 벗어난다면 금세 마음의 불씨가 무안한 듯 꺼져버리는 것을 느낄 수 있을 것입니다.

둘째, 명상을 통해서 '화'라는 감정과 자신을 분리하는 연습을 해봅니다. 화가 일어나는 순간, 이를 무조건 억누르려고 하기보다는 또렷이 바라보려 노력해야 합니다. "아, 지금 내가 화를 내고 있구나"라고 스스로에게 말해주세요. 불교에서는 이를 '관찰한다'고 합니다. 화가 일어나는 순간, 마치 구름이 흘러가는 모습을 멀리서 바라보듯 화를 바라보는 연습을 하면 감정에 휘둘리는 것이 아니라 나와 화를 분리해서 보며 이해할 수 있게 됩니다. 그리고 곧 깨닫게 됩니다. '이 감정도 사라지는 것이구나. 계속 이 순간에 머물러 있지 않구나'라고요. 명상은 인식을 지금 이 순간에 머물게 하여, 마음속에서 일어나는 생각과 감정을 있는 그대로 바라볼 수 있는 힘을 길러줍니다. 감정을 억누르는 것이 아니라, 알아차려 바라볼 수 있다면, '화'라는 감정과 우리를 분리할 수 있습니다. 그것만으로도 훨씬 더 안전하게 화를 다룰 수 있습니다.

셋째, 화의 에너지를 다른 방향으로 승화시킬 필요가 있습니다. 승화란, 부정적인 감정을 긍정적이고 생산적인 방향으로 전환하는 것을 말합니다. 예를 들어, 화가 날 때 그 에너지를 운동이나 창작 활동, 혹은 명상 같은 긍정적인 행동으로 돌려보는 것입니다. 저도 젊은 시절, 제 뜻대로 도와주지 않는 스님들께 화가 나서 저녁 공양도 거르고 법당에서 절을 한 적이 있습니다. 처음엔 속이 끓어올라 숨이 가빠질 정도로 빠른 속도로 절을 했지만, 시간이 흐르면서 다리가 아프고 숨이 차오르자, 어느새 제 몸의 고통 외에는 아무런 생각도 들지 않았습니다. 화를 표현하고자 저녁을 걸렀기에 배도 고팠고, 아무도 제 상태에 신경 쓰지 않는 상황에서 혼자 그러고 있는 것이 서럽게 느껴지기도 했지만, 문득 화는 사라지고 어리석고 고집스러웠던 제 자신이 보이기 시작했습니다. 그 일을 계기로, 마음이 불편해질 때마다 절을 해보았습니다.

그러다 보면 어느새 법당에 조용히 앉아 있는 것만으로도 마음이 평온해지고, 화로부터 분리될 수 있었습니다.

절에 자주 오시는 한 분은 화가 날 것 같은 기분이 들면 휘파람을 불고, 뒷짐을 지고 천천히 걷는다고 하셨습니다. 휘파람 소리와 산책의 리듬이 화의 기운을 한 김 빼주는 역할을 한다는 것이지요. 이렇게 일상에서 화를 다른 활동과 연결 지어주면, 그 감정이 커지기 전에 부드럽게 가라앉힐 수 있습니다. 화를 전환하는 자신만의 루틴이 필요한 이유입니다.

우리가 느끼는 감정의 고통이 시간이 지나면서 바뀔 수 있음을 알게 되면, 그때그때의 감정에 휘둘리지 않게 됩니다. 지금의 감정에 매여 살지 않고, 시간이 지나면 내 마음도 변화할 수 있다는 믿음을 가지는 것이 중요합니다. 하버드대학에서 실시한 인생 연구에서, 20대 때 아버지를 죽이고 싶다고 생각했던 사람에게 꽤 시간이 흐른 후 아버지에 대해 다시 묻자 아버지와의 좋은 기억을 떠올리며 감사함을 느낀다고 답했습니다. 아버지를 죽이고 싶다고 분노했던 것에 대해서는 전혀 기억이 나지 않는다고 답했는데, 이는 '화'란, 순간적인 감정일 뿐 그 이상도 이하도 아니며 그 상황에서 벗어나 대상에 매몰되지 않으면 언제든 벗어날 수 있음을 말해줍니다.

흔히 화를 내는 것이 '내 권리를 지키는 일'이라고 생각합니다. 하지만 진정한 자유는 화를 내는 것이 아니라, 그 감정을 다스릴 수 있을 때 주어집니다. 화가 나고 누군가에게 상처받았을 때, 분노를 조절하는 것은 결국 나를 위한 가장 자비로운 선택이라는 것을 잊지 마시길 바랍니다. 〈법구경〉에 "화를 다스리는 자가 진정한 승리자다"라는 말이 있습니다. 분노를 멈추는 것이 곧 해탈의 길이며, 자유로 가는 첫걸음임을 잊지 마시고 오늘도 내 안의 작은 불꽃을 지혜롭게 다스리며 더 평온한 하루를 만들어가길 바랍니다. 🙏

<법구경>

忿怒不見法, 忿怒不知道
能除忿怒者, 福喜常隨身
분노불견법, 분노부지도
능제분노자, 복희상수신

"분노하면 법을 보지 못하고, 분노하면 도를 알지 못한다.
 그러므로 분노를 잘 없애는 사람, 복과 기쁨이
 늘 그 몸을 따른다."

성냄은 수행과 깨달음에 장애가 됨을 잊지 마시길 바랍니다.

경쟁하며 살기 싫은 나,
이상한가요?

요즘 청년들을 만나면 불투명한 미래에 대한 이야기를 종종 듣습니다. 그리고 한탄이 이어지지요. "저는 열심히 사는 것도 싫고, 남과 경쟁하며 사는 건 더 싫어요." 한창 꿈을 향해 날개를 펼칠 나이에 이미 지쳐버린 듯한 이들을 보면 어쩐지 마음이 뭉클해집니다. 젊음 그 자체로도 반짝거리고 멋진데 진가를 드러낼 기회도 얻지 못하고 스러진 듯해 기성세대로서 미안한 마음도 들고요. 과거에는 '하면 된다' 같은 희망찬 구호로 힘을 주었지만, 지금 세대에겐 그 자체로 피로감을 주니 '그냥 살아도 된다'라고 해줘야 할까요. 오직 경쟁에 의한 순위로 평가받는 세상에 살며 '남들보다 잘해야 한다'는 부담과 강요를 어릴 때부터 받고 자라 오히려 포기와 안주를 선택한 요즘 청년들에게 과연 어떤 말을 해주어야 위로가 될까요?

 청년들의 '열심히 살기 싫다'라는 이런 고백은 결코 도피나 게으름이 아닙니다. 오히려 세상이 정해 놓은 성공을 바라보며 살고 싶지 않다는 간절한 외침이자, 이제는 자신이 정한 삶의 철학대로 살고 싶다는 표현이지요. 그들이 생각하는 진정한 성공이란 타인과의 경쟁에서 앞서는 것이 아니라, 스스로 정한 목표를 향해 열정을 가지고 도전하고, 또 끝까지 걸어가 마침내 결실을 만들어내는 것을 의미합니다.

 학창 시절 저도 치열한 경쟁의 한복판에 있었습니다. 전교생의 성적과 등수가 복도에 게시되었고, 앉는 자리도 성적순으로 정해졌습니다. 모두가 서로의 등수를 알 수 있었고, 선생님들조차 학생의 자리를 보면 저 아이가 몇 등인지, 누가 꼴등이고 일등인지 알 수 있었지요. 이러한 환경은 학생을 바라보는 시선에 선입견을 만들었고, 학생들끼리도 누가 무엇을 잘한다더라, 누가 어떤 특성이 있더라가 아닌 숫자로 가치를 매겨 판단하게 만들었습니다. 하지만 출가 후 만난 절집의 풍경은 전혀 달랐습니다. 순위 경쟁이 존재하지 않았고, 사회에서의 직업이나 나이, 학력, 출신도 중요하지 않았습니다. 함께 모여 살아가지만, 누구를 이겨야 할 이유는 없었습니다. 승자나 패자가 없어도 수행하며 사는 데 아무런 지장이 없었습니다.

> "승리는 원한을 가져오고 패자는 슬픔에 산다.
> 승리나 패배의 생각을 버린 자는 고요하고 행복하게 산다."
>
> — 〈법구경〉

승가에서는 함께 걷는 친구를 '도반'이라 부릅니다. 함께 길을 가지만 경쟁자가 아니라 서로를 지지하며 같은 목적지를 향해 나아가는 벗을 뜻하지요. 우리의 삶 속에서 오직 나 혼자만 걷는 길은 없습니다. 살다 보면 아는 길만 갈 수 없고, 때론 낯선 길을, 때론 오르막길을 가야 할 때가 분명히 옵니다. 그 길엔 반드시 누군가 있기 마련입니다. 그때 상대를 의식하며 앞서갈 생각을 하느냐, 나의 걸음 하나하나에 집중하며 걷느냐에 따라 경쟁이 될 수도 있고 동행이 될 수도 있습니다.

삶은 열심히 살아야 하는 것이 맞습니다. 다만, '열심히'는 자신을 승자로 만들기 위한 노력이 아니라 자신에게 충실하기 위한 마음 자세이며, 자신의 발걸음에 힘을 실을 수 있는 성의 있는 삶의 태도임을 알아야 합니다.

내 심장을 뛰게 하는 것은 오직 나를 위한 열정임을 잊지 마세요. 만약 지금 누군가와 경쟁하는 길을 걷고 있다면 내 걸음에 어떤 의미가 있는지부터 먼저 살펴보시길 바랍니다. 내가 왜 이 길을 걷고 있는지, 무엇을 위해 걷고 있는지, 진정 이루고 싶은 게 무엇인지에 대한 마음을 정리한 다음 원하는 목표를 향해 열심히 나아가십시오. 언젠가 힘든 상황이 닥쳤을 때 여러분을 일어나게 하는 이유가 될 것입니다.

　인생에는 승자도, 패자도 없습니다. 내가 만족할 수 있는 삶을 살아가면서, 다른 사람에게도 긍정적인 영향을 미칠 수 있다면 그것이 진정한 성공일 것입니다. 우리는 각자 다른 속도로, 다른 방식으로 살아가고 있습니다. 서로를 인정하고, 모두가 가치 있는 삶임을 잊지 말고 내 속도에 맞춰 걸으며 원하는 바 성취하시길 바랍니다. 🙏

사람들이 나를
몰라준다고 느낄 때

어느 날 일흔이 넘은 보살님께서 오셔서 사는 이야기를 털어놓
았습니다. 지금 나이까지 일하면서 자식들 모두 시집·장가 보내
고, 지금 남편과 살고 있는데 남편은 일평생 직업도 가지지 않고
가져다주는 돈으로 담배나 사다 피우고 집에서 빈둥거리고 있다
고 했습니다. 그것도 속상한 일이지만, 가장 힘든 건 일을 하고 집
에 와도 사람이 오는지, 죽는지 알은체를 하지 않는다는 겁니다.
알은체는커녕, 인사를 해도 말을 걸어도 무시하고 아무런 대꾸를
하지 않는다고 했지요. 50년 세월 동안 거의 쉬는 날 없이 가족을
위해 희생했는데 자신에게 남은 것이 아무것도 없어 이대로 죽는
게 너무 한스럽다고 했습니다. 하얀 손수건으로 눈물을 닦으며
이야기하는 노보살님의 손을 보니 얼마나 고생을 했는지 마디마

디가 굽어 있었고, 굵은 주름이 가득했습니다. 평생 가족을 위해 헌신하며 살아오셨는데 아무도 자신의 노고를 알아주지 않으니 서글픈 마음이야 당연한 것이지요. 마음 같아선 당장 헤어지고 이제 혼자 홀가분하게, 스스로를 위한 삶을 사시라고 말씀드리고 싶었지만 그것이 가장 좋은 해결책은 아니기에 가만히 말을 붙였습니다.

"보살님, 남편에게 인정받고 싶으세요?"

"예. 인정받고 싶어요. 수고했다, 그 말 한마디면 되는데 죽어야 해주려나요….'

'수고했다'라는 말. 그 말만큼 사람에게 힘을 주는 말도 없습니다. 그런데 그 말을 죽어도 해주지 않으니 노보살님의 속이 타는 것이지요. 저는 노보살님께 물었습니다.

"보살님, 지금 느끼는 이 외로움과 분노는, 사실 남편분에게만 향한 것이 아닙니다. 어쩌면 스스로를 충분히 보살피지 못했던 지난 세월의 슬픔이기도 할 겁니다. 평생을 남편과 자식들을 위해 애쓰셨지만, 정작 본인을 위해 시간을 써본 적이 없으시지요? 이제는 자신을 사랑하고, 자신을 위한 시간을 보내야 합니다." 보살님은 깊은 생각에 빠진 듯했습니다.

타인에게 인정받기를 갈구하지만 끝내 그 기대에 응답하지 않는다고 해서 그가 나의 삶을 부정하는 것은 아닙니다. 상대방이 나를 무시하는 것 같아도, 진짜 상처를 주는 것은 상대방이 아니라 어쩌면 나 자신일 수 있습니다. '나는 인정받지 못하는 사람이다'라고 생각하는 순간, 마음속에 깊은 괴로움이 자라나기 때문입니다. 이런 경우 상대방의 말과 행동에 집중하기보다 '나는 나를 아끼고 사랑하는 사람이다'라고 마음을 바꾸고 내 생각에 집중하면 신기하게도 타인의 태도와 상관없이 더 이상 상대방에게 휘둘리지 않게 됩니다. 불교에서는 "스스로를 해치지 마라. 진정한 적은 바깥에 있지 않고, 우리 마음속에 있다"라고 했습니다. 내가 나를 인정하면, 세상도 변합니다. 그리고 가장 먼저 자비를 베풀어야 할 대상은 자기 자신임을 알아야 합니다.

> "운하運河의 기사技師는 물을 이끌어 들이고,
> 활 만드는 사람은 화살을 곧게 만든다.
> 그리고 목수는 나무를 깎아서 다듬는다.
> 이같이 현자는 자신을 다듬는다."

— 〈법구경〉

자신을 사랑하는 것은 이기적인 일이 아닙니다. 오히려 가장 먼저 해야 할 일입니다. 자신을 소중히 여기는 사람만이 타인에게도 따뜻한 마음을 나눌 수 있습니다. 지금껏 타인에게서 받고 싶었던 그 애정과 존중을, 스스로 주는 게 먼저입니다. 스스로를 돌보고, 하고 싶은 일을 하고, 평온한 마음을 찾아야 합니다. 모든 변화는 작은 발걸음에서 시작됩니다. 이 말을 듣고 마음을 그렇게 먹더라도 상대방의 태도가 여전히 괴롭게 느껴질 수도 있겠지요. 하지만 중요한 것은 이제 나의 삶을 상대방에게서 떼어놓는 것입니다.

"나는 나 스스로 행복할 수 있다는 믿음을 가져보세요."

우리는 종종 과거의 상처와 미래의 불안 속에서 살아갑니다. 하지만 부처님께서는 "지금 이 순간을 살라"고 가르치셨습니다. 스스로를 돌보며 이 순간을 살아보는 겁니다. 결국 스스로를 사랑할 때, 삶도 조금씩 변하기 시작할 것입니다. 모든 것은 변하고, 지금의 괴로움도 결국은 지나갑니다. 부디, 그 변화 속에서 자신을 온전히 사랑하는 길을 찾아가시길 바랍니다. 언젠가 진정한 평온을 찾을 수 있기를 마음속으로 기원하겠습니다. 🙏

꿈을 좇으며 사는 게
나쁜 건가요?

그렇게 따지면 부처님도 어리석다고 평가받아야 하지 않을까요. 그런데 그 누가 부처님을 어리석다 하나요. 강연을 다니다 보면 진로, 꿈에 대한 질문을 많이 받습니다. 특히 취업을 준비하고 있는 청년들이 조바심에 질문을 합니다. 어느 날 절에 찾아온 한 청년이 자신을 목수라고 소개하면서, 동창회에 가 친구들과 오랜만에 만났는데 친구들이 서로 명함을 주고받는 모습을 보고 '아, 나는 명함이 없네?' 하는 생각이 들었다고 했어요. 그러면서 이런 생각이 들었다고요. '나는 번듯한 직장이 없구나'라는. 청년은 그날이 가슴에 콕 박혀 있다고 했습니다. 그런데 제가 표정을 이렇게 보니 걱정 안 해도 될 것 같더라고요. 얼굴에 곧은 심지 같은 게 보였거든요. 이분처럼 잠깐 마음만 상하고 계속 자기가 믿는 길을 가면 문제가 없는데 청년기 내내, 그리고 중년이 되고 죽기 전까지도 '그때 해볼걸' 하고 후회하는 사람이 많지요. 내가 하고 싶은 일을 하면서 산다는 게 쉬운 일은 아닐 겁니다. 그러면 우리는 어떻게 꿈과 현실을 조율하며 살아야 할까요?

많은 이들이 돈을 좇으며 사는 세상 속에서, 꿈을 좇는 사람이 어리석어 보일 수도 있어요. 하지만 그건 단지 세상이 정한 기준일 뿐입니다. 물론 돈은 분명 중요합니다. 밥을 먹고, 잠을 자고, 몸을 지키기 위해 꼭 필요하죠. 하지만 삶이 오직 돈을 위해서만 흘러간다면, 그건 마치 물을 마시기 위해 사는 것이 아니라 사는 이유가 물 마시기 그 자체가 되어버린 것과 같습니다. 목수가 꿈인 사연자의 고민은 돈뿐만 아니라 삶의 의미에 대한 질문이기도 합니다.

'내가 원하는 삶을 살아도 되는 걸까?'

이 질문을 스스로에게 한다는 것은 나다운 삶, 의미 있는 삶을 갈망하고 있다는 의미로 세상이 정한 기준에 휩쓸리지 않고 내면의 목소리에 귀 기울이며 살고 있다는 뜻이기도 합니다. 미국의 긍정심리학자 찰스 리처드 스나이너Charles Richard Snyder는 미래에 대한 희망이란 단순한 낙관이 아니라 목표를 향해 나아가는 길을 찾고, 그 길을 가겠다는 자신의 의지라고 했습니다. 그리고 두 가지 사고를 제시했습니다. 첫 번째는 내가 원하는 목표에 도달할 수 있는 다양한 길을 상상하고 그려보는 능력 기르기, 두 번째는 그 길을 끝까지 가보겠다는 마음의 힘 즉, 다시 일어서는 힘을 기르는 사고 하기입니다. 이 두 가지가 함께 작동할 때, 우리는 어려운 현실 속에서도 희망을 가지고 행동할 수 있다고 말합니다.

결국 현실을 버티게 해주는 가장 큰 힘은 꿈을 이루고자 하는 희망일 것입니다. 꿈과 희망이 없다면 현실을 버티기 어렵습니다. 그래서 꿈과 현실은 서로에게 방해가 되는 존재가 아니라 의지하는 버팀목이 되어야 합니다. 팍팍한 현실을 사는 우리에게 진심으로 원하는 것이 존재한다면, 그것은 축복이자 행운입니다. 그것은 우리의 심장을 뛰게 하고, 하루하루를 견디게 해주는 힘입니다.

꿈을 좇는 건 어리석은 것이 아니라, 세상에서 가장 '나다운 것'을 찾는 일입니다. 나다운 것으로 가는 길이 멀고 고단할 수는 있지만 꿈을 좇는다는 것은, 결국 '내가 누구인지'를 놓치지 않고 살아가는 용기임을 잊어서는 안 됩니다. 돈은 때때로 사람을 움직이게 하지만, 꿈은 사람을 살게 만듭니다. 지금 꿈을 향한 어떤 길 위에 서 있다면, 당신은 충분히 아름답고, 충분히 잘하고 있다고 말해주고 싶습니다. 어떤 선택이든 꿈을 향한 진심으로 나아가시길 바랍니다. 🙏

무례한 사람에게
마음을 다치지 않으려면

살다 보면 다양한 사람들을 만나게 됩니다. 어떤 사람은 따뜻한 말 한마디로 하루를 밝게 만들어주기도 하고, 어떤 사람은 차가운 말로 우리의 마음을 무겁게 하기도 합니다. 특히, 뜻하지 않게 무례한 사람을 마주했을 때면 우리는 당황하거나, 때로는 상처받기도 합니다. 그렇다면, 이런 순간을 어떻게 받아들이고, 어떻게 대처해야 할까요?

어느 날 방송 녹화를 하기 위해 방송국에 갔다가 담당 작가님에게 황당한 이야기를 들었습니다. 30대인 작가님이 지하철을 탔다가 봉변을 당한 것이었는데요, 임신 중이라 더 놀란 것 같았습니다. 사연인즉슨, 임신부라 붐비는 출근길 지하철에서 노약자석에 앉아 있다가 중년여성분에게 느닷없이 꾸지람을 들었다고 했습니다. 가방에 임신부 배지도 달고 있었는데 막무가내로 야단을 치셔서 곤혹스러웠다고요. 그런데 옆에 앉아 계시던 다른 어르신이 임신부라 그러니 너무 뭐라고 하지 말라고 편을 들어주셨다고 했습니다. 그 상황이 너무 당황스럽고 부끄러워 내릴 역이 아닌데 미리 내려 한참 마음을 진정시키고 왔다고 했습니다.

무례한 사람을 만났을 때, 우리는 어떻게 해야 할까요? 예상치 못한 무례한 말을 들으면 누구나 당황하게 마련입니다. 그런데 중요한 것은 그 감정을 어떻게 다루느냐 하는 것이지요. 화는 자연스러운 감정이지만, 그 감정에 대해 어떻게 반응할 것인가가 우리 삶을 결정합니다. 시원하게 대꾸라도 한바탕했으면 속이라도 시원했을까요? 아닐 겁니다. 무례한 말은 바람과 같습니다. 바람이 불어오면 그 바람을 막으려 애쓰는 것이 아니라, 바람이 지나가도록 두는 것이 가장 좋은 방법이지요. 누군가가 내게 무례한 말을 했다면, 그 말을 내 안에 깊이 새겨두기보다 바람처럼 지나가게 하는 것이 가장 현명합니다.

"쓸데없는 천 마디 말을 하는 것보다
들어서 고요해지는 한마디의 말이 훨씬 낫다."

— 〈법구경〉

뜨거운 돌을 손에 쥐고 있으면 어떤 느낌이 들까요. 네, 몹시 뜨겁고 괴롭지요. 억지로 쥐고 있을 필요가 없다는 얘깁니다. 누군가가 내게 던진 무례한 말은 마치 손에 쥔 뜨거운 돌멩이와 같습니다. 그 돌을 계속 쥐고 있으면 누구보다도 나 자신이 뜨겁고 아프겠지요. 하지만 그 돌을 내려놓으면 더 이상 나를 해칠 것은 없다는 얘기입니다. 화가 나는 것은 당연한 일입니다. 하지만 내가 화를 다스릴 수 있다고 믿어야 합니다. 화가 날 때, 잠시 멈추어 스스로에게 물어보는 겁니다. '이 말을 내가 마음에 담는 것이 정말로 필요한가?' '이 말을 곱씹는다고 해서 내 삶이 나아질까?' 이렇게 스스로 묻다 보면, 감정을 다스리는 길이 보일 것입니다.

무조건 참으라는 이야기가 아닙니다. 감정을 억누르려고 하면 오히려 더 크게 터지기 마련이지요. 필요할 때는 조용하지만 단호한 목소리로 "그런 말을 들으니 속상하네요"라고 말할 수도 있습니다. 때로는 침묵이 가장 강한 힘이 될 수도 있고, 때로는 차분한 한마디가 그보다 더 큰 힘이 될 수도 있으니까요. 감정을 다스리는 자가 강한 자이며, 자신의 마음을 아는 자는 지혜로운 자입니다. 내 감정을 지키는 것이 곧 나를 존중하는 길입니다. 무례한 사람을 만났을 때, 우리가 할 수 있는 최선의 대응은 '내 마음을 지키는 것'입니다. 살다 보면 우리는 예상치 못한 순간에 무례한 말을 듣고 상처받을 수 있습니다. 하지만 그 상처를 오래 품고 있는 것은 결국 나 자신에게 해가 됩니다.

타인의 무례한 말에 휘둘릴 필요가 없습니다. 내 마음을 지키는 것이야말로 나를 존중하는 길이며, 가장 강한 삶의 태도입니다. 그러니 누군가의 말이 나를 아프게 할 때, 그것이 바람처럼 지나가도록 두십시오. 그리고 마음속에서 조용히 되뇌어보세요. '이 말이 정말 내 안에 머물러야 할까?' 그 질문을 던지는 순간, 우리는 이미 무례한 말로부터 자유로워질 것입니다. 🙏

〈법구경〉

如實堅石 風吹不動 毀譽不驚 智者安詳
여실견석 풍취부동 훼예불경 지자안상

"저 견고한 바위가 센 바람에도 전혀 움직이지 않듯
칭찬과 비난의 바람이 불어와도 현명한 이는
절대로 거기에 동요하지 않는다."

타인의 부정적인 말에 지나치게 흔들리지 말고,
자신의 진정한 본성을 지키기 위해 노력하십시오.

우울증 때문에 사는 것이
너무 힘듭니다

무심히 비가 내리는 날이면 절에도 휴식을 취하듯 편안한 분위기가 감돕니다. 경내에 잔잔하게 울려 퍼지는 목탁 소리를 들으며 이 풍경을 볼 수 있어서 얼마나 감사한지 새삼스러운 행복을 느끼고 있는데, 누가 옆에 와 섭니다. 그분은 잠시 머뭇거리더니 말합니다. "스님, 요즘 너무 우울하고 지치네요. 우울증 때문에 인생에 아무 미련이 없어요. 어떻게 하면 웃고 살 수 있을지 지혜를 주세요. 너무 괴롭습니다."

많은 분들이 우울증 때문에 고통의 나날을 보내고 있습니다. 제 주변에도 약을 복용하는 사람들이 꽤 있습니다. 저마다 다양한 방법으로 우울증과 사투를 벌이며 살고 있지요. 아파도 아프다고 말할 수도, 어딘가에 속 시원히 털어놓기도 어려운 마음의 병입니다. 우울증은 종종 스스로를 미워하게 만들고, 자기 자신을 용서하지 못하게 만듭니다. 하지만 너무 그 감정에 심각하게 매몰될 필요는 없습니다. 부처님께서 말씀하셨듯, 우리는 본래 불성을 지닌 존재이기 때문에 어떤 고통이나 괴로움 속에서 허우적거리더라도 우리의 본래 모습은 늘 그 자리에 있습니다. 우리가 느끼는 감정들은 모두 일시적인 것들입니다. 감정은 물과 같아서 흐르고, 마르며, 무수한 감정들이 수시로 찾아듭니다. 만약 우리가 좋은 것만, 기쁜 것만 추구하고 우울하고 고통스러운 감정들은 느끼지 않겠다고 그 흐름을 억제하려고 들면 어떻게 될까요?

그건 마치 흐르는 물을 억지로 가두려는 것과도 같습니다. 기쁨이 있으면 우울함이 찾아오는 것도 자연스러운 흐름이지요.

생각해보면, 우리가 세상에 나와 외부적 충격에 대한 고통으로 처음 표현한 감정이 '울음'이었으니, 울음이 더 익숙하게 느껴질 수도 있겠다는 생각도 듭니다. 불교에서는 우울증을 '우해憂海', 즉 '근심의 바다'라고 표현합니다. 바다가 갑자기 우리를 덮친 것이 아니라, 실은 우리가 한 발짝씩 그 바다로 걸어 들어간 것이라 보는 것이지요.

상처가 아물기 시작하면 간지러운 것처럼, 마음도 회복되는 과정에서 다양한 형태의 불편함이 생기기 마련입니다. 흉터가 될 것을 알면서도 자꾸만 긁어 상처를 내버리는 것처럼, 우울도 떨치려고 하면 오히려 매몰돼 더 깊게 빠져버리곤 합니다. 하지만 감정은 우리의 주인이 아님을 알아야 합니다. 우리가 감정의 주인이며, 감정은 나라는 존재의 '일부'일 뿐이라고 인지해야 합니다. 그중에서도 우울이라는 감정은 다채로운 내 마음의 한 장면일 뿐 전부가 아니므로 이를 스스로에게 자주 일깨워야 합니다. '감정은 내가 아니다. 내가 감정의 주인이다. 감정은 내 일부일 뿐이다.'

"모든 형성된 것은 무상하다.
그것을 지혜로 알 때, 괴로움에서 벗어난다."

— 〈법구경〉

이런 마음가짐을 갖기 위해 하루를 마무리할 때 오늘 내가 어떤 감정을 가장 많이 느꼈는지 조용히 돌아보는 시간을 가지면 좋습니다. 만약 우울과 같은 부정적인 감정이 하루를 많이 채우고 있었다면, 다음 날부터는 내가 그 감정을 언제, 어떤 상황에서 느끼는지 알아차리는 연습을 해야 합니다. 그리고 그 상황을 글로 남겨서 볼 수 있으면 더욱 좋습니다. 이렇게 감정을 지켜보고 알아차리는 것만으로도 근심의 바다, 즉 우해로 들어가는 걸음이 조금씩 느려지게 됩니다.

그리고 자신에게 물어보아야 합니다. '하루 중 언제 내가 가장 평온하고 충만한 느낌을 받았지?' 이 사연자의 경우, 사춘기 딸이 손을 잡아줄 때 마음 깊은 곳에서 따뜻함과 삶의 의지가 피어난다고 했습니다. 그래서 지금 눈을 감고, 딸의 손을 잡았던 그 순간을 떠올려 보라고 했습니다. 그러자 그 분의 두 눈에서 뜨거운 눈물이 흘러내렸습니다. 그리고 잠시 후에 딸이 너무 보고 싶고, 고맙고, 집에 가서 딸아이가 좋아하는 음식을 해주고 싶다고 했습니다. 이처럼 충만하고 사랑스러운 느낌을 마음 안에 되살려보는 것만으로도 우해로 들어가는 걸음을 늦출 수 있습니다. 더불어 주변에서 가장 신뢰할 수 있고, 힘이 되는 사람에게 지금의 마음을 솔직하게 이야기하고, 도움을 요청하는 것도 중요합니다. 혼자 견디기보다는 함께 나누는 것이 훨씬 큰 지혜입니다.

　마음의 건강을 지키는 것도 근육을 단련하는 일과 같습니다. 우리는 몸을 위해 헬스장에 가고 운동을 하지만, 마음 근육을 단련하는 것에는 익숙하지 않습니다. 육체의 운동이 도움은 되지만, 마음 근육은 별도의 훈련과 정서적 코칭을 통해 더욱 단단해집니다. 우울은 이겨내야 할 대상이 아니라, 이해하고 지켜보면 흔적도 없이 사라지는 감정입니다. 감정은 나의 일부이지, 전부가 아님을 자주 새기고 감정에 얽매이지 않도록 노력하세요. 그리고 나와 내 삶, 주변을 따뜻한 시선으로 바라보는 연습을 통해 우울의 바다로 향하려는 걸음을 붙잡을 수 있게 되길 바랍니다. 평화롭고 고요한 마음을 찾을 수 있기를. 🙏

〈화엄경〉

一切唯心造

일체유심조

"마음이 모든 것의 선두이며, 마음이 가장 중요하고,
 마음이 모든 것을 만든다."

우리의 생각과 마음가짐이 삶을 형성하며, 선한 마음으로 행동하면
좋은 결과를 얻는다는 가르침을 잊지 마십시오.

아이와 커리어 사이,
고민하는 제가 나쁜 사람인가요?

30대의 한 어머니가 찾아와 말했습니다. "스님, 저는 아이를 키우고 있습니다. 아이를 낳고 키우면서도 경력 단절에 대한 걱정이 커져갑니다. 아이와 함께하는 시간이 행복하면서도 한창 일할 나이이니 한편으로는 불안하고 초조합니다. 아이를 사랑하지만, 이렇게 고민하는 제가 과연 좋은 엄마일까요? 죄책감이 듭니다."

임신과 출산은 매우 숭고한 일입니다. 절대 죄책감을 가질 일이 아닙니다. 또한 그 누구도 이 엄마에게 죄책감을 느끼게 할 수 없습니다. 30대, 한창 사회에서 훌륭히 능력을 발휘하고 스스로의 인생을 개척해나갈 시기인데 사랑하는 사람을 만나고 갑자기 엄마가 되면서 많은 부분 희생을 감수해야 하는 위치에 놓여 있었습니다. 결혼과 출산을 겪으면서 이러한 고민을 가지는 것은 지극히 자연스러운 일입니다. 아이를 사랑하는 마음과 자신의 삶을 향한 고민 사이에서 흔들리는 것은 부모가 된 사람이라면 흔히 겪을 수 있는 일이기 때문입니다. 질문자가 느끼는 죄책감은 나만을 생각해서 생겨난 감정이 아닙니다. 그 죄책감은 아이를 위하는 마음에서 비롯된 것입니다. 그러므로 아이를 사랑하는 마음의 다른 모습이지요. 그런데 이 마음에 '죄책감'이라는 이름표를 붙이는 순간 착한 엄마와 나쁜 엄마만이 있게 됩니다. 그래서 먼저 이 갈등의 뿌리가 아이에 대한 사랑이지 죄책감이 아니라고 스스로에게 말해주어야 합니다.

한편 육아와 커리어 사이에서 고민하는 질문자의 마음은 아이를 더 좋은 환경에서 키우고 싶은 부모의 본능적인 갈망이기도 합니다. 불교에서는 부모가 자녀에게 줄 수 있는 최고의 가르침이 바로 '올바른 삶을 살아가는 모습'이라고 합니다. 아이는 부모를 보고 배우는 존재이기에, 엄마가 자기 삶을 존중하며 살아가는 모습을 보여준다면 그것 또한 중요한 가르침이 될 것입니다. 부처님께서는 "자신을 사랑하는 것이 곧 남을 사랑하는 것과 다르지 않다"라고 하셨습니다. 부모가 행복해야 아이에게도 진정한 행복을 전해줄 수 있습니다. 자신을 돌보는 것이 아이를 위한 일이기도 하다는 것을 잊지 말아야 합니다. 오히려 엄마가 꿈을 향해 나아가는 모습을 보며 아이는 더욱 넓은 세상을 배울 것이고, 엄마의 노력에서 삶의 소중한 가치를 배우게 될 것입니다. 중요한 것은 균형입니다. 지나치게 자신을 희생하지도, 지나치게 자신만을 고집하지도 않는 것이 중요합니다.

그리고 어떤 선택을 하든 아이의 탓으로 돌리지 않는 게 우선입니다. 아이는 한결같은 엄마의 마음에 정서적 안정과 평안함을 얻는다고 합니다. 우리 사회에서 출산과 육아로 가장 많은 수고를 겪고 있는 존재가 어머니입니다. 어머니라는 위대한 존재로서 그리고 한 사람으로서 가족에 대한 사랑으로 여러분이 선택하는 길이 곧 옳은 길임을 믿고 나아가시길 바랍니다. 🙏

"생각해보니 아름답던 얼굴과 용모
고운 자태는 매우 빼어나셨네
두 눈썹은 푸른 버들 빛이고
두 뺨은 붉은 연꽃을 옮겨놓았네
은혜가 깊을수록 옥 같던 용모는 사라지네
씻고 닦으며 예쁜 소반이 낡아지듯
오로지 아들딸을 걱정하며
인자한 어머니의 얼굴이 바뀌었네."

— 〈부모은중경〉

가져도 가져도
가지고 싶습니다

"채워도 채워도 마음이 허전합니다. 가져도 가져도 끊임없이 갖고 싶은 저, 무엇이 문제일까요?

절 마당에 앉아 푸릇하게 올라온 잡초를 고르다 방문객을 보고 잠시 눈인사를 합니다. 얼핏 보아도 멋쟁이입니다. 방문객은 제가 있는 쪽으로 다가와 말을 꺼냈습니다. 갖고 싶은 것을 모두 사서 소유하고 있는데도 채워지지 않는 그 무언가 때문에 괴롭다고 했습니다. 월급의 대부분을 쇼핑으로 쓰고 있어 주변에서 씀씀이를 줄이라고 여러 번 말했지만 그것이 잘되지 않는다고 했습니다. 우리는 살아가면서 많은 것들을 소유하고 싶어 합니다. 좋은 차, 멋진 옷, 값비싼 취미, 고급 레스토랑에서의 식사…. 이런 것들을 가지고 누릴 때마다 저는 행복을 느낍니다. 하지만 불행히도 그 행복은 아주 잠시뿐입니다. 시간이 지나면 또 다른 것을 원하게 되고, 계속해서 더 좋은 것을 찾게 됩니다. 허무와 허탈의 끝없는 반복일 뿐입니다. 인간은 왜 갈구하고 끝없이 채우려고 할까요?

　소유는 기쁨을 주지만, 만족을 주지는 않습니다. 원하는 것을 손에 쥘 때마다 기쁨을 느끼지만, 오래가지 않기에 또다시 새로운 것을 원하게 되기 마련입니다. 그것이 사람의 마음이고, 욕망의 속성입니다. 불교에서 강조하는 '무소유'란 아무것도 가지지 말라는 뜻이 아닙니다. 무소유란, '집착하지 않는 삶'을 뜻합니다. 질문자처럼 끊임없이 소유하길 원하고, 또 가지고 새로운 것을 들이고 하는 과정을 반복하다 보면 결국 남는 것은 공허함입니다. 인간이 느끼는 공허함은 소유의 부족에서 오는 것이 아니라, 자기 자신과의 관계에서 비롯된 것이라고 볼 수 있습니다. 미국의 심리학자인 윌리엄 허버트 셸던William H. seldon과 행복 전문가 소니아 류보미르스키Sonja Lyubomirsky는 2019년도 연구에서 외적 환경의 변화와 행동 변화 중 어떤 것이 주관적 행복감을 더 오래 지속시키는지에 대해 실험했습니다. 여기서 외적 환경 변화는 집이나 자동차, 원하는 물건을 구매하거나 급여가 상승하는 것과 같은 요인이고, 행동 변화는 감사일기 쓰기, 규칙적으로 운동하기, 친구, 가족과 의미 있는 대화하기 등 의도적으로 생활 방식이나 행동 양식을 변화시키는 것을 의미합니다. 연구 결과에 따르면, 외적 환경 변화보다 행동 변화를 했을 때 참가자들의 주관적 행복감이 더 높았고, 지속성 면에서도 더 우수했습니다. 외적 환경 변화는 처음에는 만족감을 주었지만, 시간이 지나면서 점차 익숙해져 행복감이 급격히 감소했고, 반면, 행동 변화로 인한 행복감은 크게 떨어지지 않고 꾸준히 유지되었습니다.

이 실험이 주는 메시지는 인간의 행복에 외적 환경 요인은 지속적인 만족감을 주지 못한다는 것입니다. 마치 마개가 빠져 있는 욕조에 물을 채우는 형국으로, 채워도 채워도 물이 채워지지 않듯 만족감을 계속해서 유지하려면 새로운 자극을 끊임없이 찾아야 한다는 의미입니다.

불교에서는 끊임없이 원하는 마음, 이것을 갈애渴愛라고 부릅니다. 정말로 행복해지려면 바깥에서 만족을 찾는 것이 아니라, 내 마음을 돌아보는 것이 먼저입니다. 부처님께서는 무엇을 더 가져야 하는지 묻지 말고, 무엇을 놓아야 하는지를 물으라고 하셨습니다. 물이 가득 찬 잔에는 더 이상 무엇을 담을 수 없는 법입니다. 만약 가진 것들 속에서 여전히 만족을 찾지 못한다면, 이제는 내려놓는 연습을 해보세요.

"세상살이 많은 일에 부딪혀도, 마음이 흔들리지 아니하고, 슬픔 없이 티끌 없이 평온하니, 이것이 으뜸가는 행복이다."

— 〈숫타니파타〉

물건을 사기 전에 스스로에게 물어보는 겁니다. '이것이 정말로 나를 행복하게 해줄까?' 단순히 충동적인 욕망인지, 아니면 삶을 더 풍요롭게 해줄 것인지 생각해보세요. 그리고 이미 가진 것에 감사해봅니다. 지금 내 주변에 있는 것들을 돌아보며, 그것이 나에게 어떤 의미를 주는지 살펴보세요. 감사하는 마음을 가지면, 더 많은 것을 원하지 않게 됩니다. 소유의 기쁨도 크지만, 비움의 기쁨도 크다는 거 아시나요? 가끔은 내가 가진 것들을 주변과 나누고, 꼭 필요하지 않은 것들은 비워보세요. 마음의 공간이 생기면, 그 자리에 더 깊은 만족이 찾아올 것입니다.

우리가 소유하고 싶어 하는 것들은 결국 변하는 것들입니다. 하지만 우리의 마음이 평온하면, 무엇을 가져도 만족스럽고 흔들리지 않습니다. 만족은 더 많은 것을 소유하는 것이 아니라, 지금 있는 것에 감사하는 순간에 피어나는 법임을 잊지 마시길 바랍니다. 🙏

중독에서 벗어나려면
어떻게 해야 하나요?

현대 사회에서 중독은 우리 삶을 파고드는 큰 문제입니다. 스마트폰, SNS, 게임, 도박, 마약, 술, 쇼핑…. 이 모든 것은 우리를 중독에 빠트리는 유혹입니다. 그렇다면, 우리는 왜 중독에 빠지는 것일까요? 중독을 피하거나 극복하려면 어떻게 해야 할까요?

> "욕망의 즐거움이 적고 욕망이 고통을
> 낳는다는 것을 아는 사람은 현명하다."
>
> — 〈법구경〉

10여 년 전, 스마트폰 게임 중독에 빠진 대학생 아들을 일주일간 절에 맡기신 어머니가 있었습니다. 외국에서 유학 중이던 아들은 낯선 땅에서 외롭기도 하고, 공부도 하기 힘들어지자 그 불안감과 두려움을 회피하기 위해 스마트폰 게임에 빠지고 말았습니다. 결국, 학비도 날리고 급기야 친구들에게까지 돈을 빌리는 상황에 이르자 어머니는 급히 아들을 한국으로 데리고 왔습니다. 다행히 심리치료와 상담을 통해 중독이 나아지긴 했지만, 여전히 불안한 마음이 들어 절로 데리고 오신 것이었습니다.

해발 600미터 산중에 자리한 작은 절에 머물기 시작한 처음 3일 동안은 금단 현상을 겪는 것처럼 아들은 밥도 먹지 않고, 불안에 떨며 안절부절하지 못했습니다. 갑갑해 도망치고 싶어도 산속이라 갈 데도 없고, 게다가 스님은 어려워 말도 제대로 건넬 수 없으니 무엇을 할 수 없는 막막함 속에서 시든 배춧잎처럼 축 늘어진 채 시간을 보냈습니다. 그러나 4일째 되던 날부터 조금씩 변화가 시작되었습니다. 조심스레 밥을 먹고, 스님에게 말을 걸기 시작했습니다. 처음엔 적응을 잘하는 척을 해서 집에 전화라도 하고, 절에서 내려가게 해달라고 하려나 하는 생각도 들었지만 시간이 흐르자, 강아지와 놀기도 하고 잠도 제때 들기도 하면서 조금씩 마음이 풀려가는 것이 보이기 시작했습니다. 그리고 마지막 날 밤에는 스스로 1080배를 하면서 고통에 통곡하였지만 끝까지 마치고 당당히 산을 내려갈 수 있었습니다.

우리는 마음이 불안하거나 공허할 때 위의 학생처럼 무언가에 쉽게 현혹되고 의지하게 됩니다. 즉각적이면서도 큰 노력 없이 쾌락을 느낄 수 있는 것들이지요. 이런 것들은 우리를 너무 쉽게 깊은 곳으로 끌어당깁니다. 학창시절 시험은 다가오고, 마음은 불안한데 공부는 하기 싫을 때 오히려 친구들과 더 신나게 놀았던 경험이 한 번쯤 있을 겁니다. 우리 뇌에는 '도파민'이라는 신경전달물질이 있습니다. 도파민은 짧고 강렬한 영상, 게임, 도박, 쇼핑 같은 쾌락에 쉽게 반응합니다. 하지만 문제는 도파민이 반복적으로 자극되면 곧 익숙해지고, 그보다 더 강한 자극을 원하게 된다는 것입니다. 우리 스스로가 모르는 사이에 '더 많은 것'을 갈망하게 되는 것입니다. 그리고 그렇게 조금씩 중독의 쇠사슬에 묶여 버리게 됩니다.

산중 절로 들어왔던 대학생은 다행스럽게도 부모님의 헌신과 자신의 강한 의지로 중독에서 벗어날 수 있었습니다만, 그 과정은 결코 쉽지 않았다고 했습니다. 모든 행동을 할 때마다 부모님의 감시와 통제 아래 해야 했고, 결국 유학은 중도 포기하게 되었습니다. 요즘은 도파민 중독의 범위도 점점 더 세분화되고 일상과 밀접해져 남녀노소를 막론하고 중독이 심각해지고 있습니다. 뉴스에는 청소년들이 온라인 도박이나 특정 약물에 빠져 보편적인 일상을 살지 못하고 괴로움을 겪는 상황이 많다고 합니다. 그렇다면 우리는, 또 우리의 자녀들은 어떻게 중독의 덫에 걸리지 않고, 혹 걸렸더라도 다시 벗어나 자유로운 삶을 살 수 있을까요?

가장 먼저 필요한 것은 자신이 현재 중독에 빠졌다는 사실을 인정하는 일입니다. "나는 지금 중독된 상태다"라고 부끄러워하지 않고 솔직히 인정하는 것이 변화의 시작입니다. 그러나 대부분의 경우, 스스로 중독을 인정하기까지 많은 시간이 걸립니다. 그만큼 옆에 있는 가족이나 친구들이 조심스럽게, 그러면서도 꾸준히 관심을 기울여주어야 합니다.

자신의 문제를 받아들이는 시간이 길어지면 길수록 돌아오는 길이 멀어집니다. 그리고 중독의 문제성을 인지하고 난 뒤 그저 중독에서 벗어나야겠다고 다짐하는 것에만 그치지 말아야 합니다. 중요한 것은 그 행동을 반복하게 만드는 마음의 뿌리를 들여다보는 일입니다. '나는 언제, 무엇 때문에 이 행동을 반복하는 걸까' '공허함 때문일까, 외로움 때문일까' '아니면 설명할 수 없는 불안 때문일까' 가만히 스스로에게 물어봐야 합니다. 중독의 뿌리를 찾아야만 비슷한 상황에 쉽게 노출되는 것을 막을 수 있습니다. 그리고, 억지로 참기보다는 새로운 습관으로 조금씩 옮겨가야 합니다.

연구에 따르면 새로운 습관을 만드는 데에는 최소 66일이 걸린다고 합니다. 처음에는 어색하고, 서툴게 느껴질지 모릅니다. 예전에 도파민이 만들어내던 즉각적인 쾌감이 사라지니, 지루하고 답답하게 느껴질 수도 있습니다. 그러나 인내심을 가지고 지속하면, 시간이 쌓이면서 마음에 안정감과 평온함을 주는 '세로토닌'이라는 신경전달물질이 도파민의 자리를 조금씩 대신하게 될 것입니다.

작은 행동부터 시작하면 됩니다. 스마트폰에서 중독을 유발할 수 있는 어플리케이션을 지우고, 대신 명상 어플리케이션을 깔아 짧은 시간이라도 호흡을 바라보는 연습을 하는 것이 좋습니다. 그리고 가까운 공원을 천천히 걷거나, 몸을 움직이는 운동을 시작해보는 것도 효과적인 방법입니다. 또한, 위에서 이야기한 대학생처럼 자극적인 환경이 아닌 자연 속으로 자신을 옮겨보는 템플스테이나 단기 출가와 같은 도전은 마음가짐의 변화를 촉진시키고, 그 변화를 오래 유지하는 데 도움이 됩니다.

혼자하면 어렵지만, 여러 사람들이 함께하기 때문에 도움을 받을 수 있습니다. 더구나 절에서는 마음 수행법을 배울 수도 있습니다. 염불을 외우고, 절을 하며 호흡에 집중하고 마음을 '지금'에 두어, 깨어 있게 하는 순간을 체험해볼 수 있습니다. 이런 수행들은 '마음 알아차림'의 힘을 길러줍니다. 마음 알아차림은 내 마음이 어디로 끌려가려 하는지, 마음속에 어떤 감정이 올라오고 있는지를 바라보는 능력입니다. 이것을 '메타인지'라고도 부릅니다. 습관이 된 생각이 끌고 가는 대로 휩쓸리지 않고, 멀리서 바라볼 수 있다면 번뇌는 저절로 힘을 잃고 서서히 사라질 것입니다.

살아가다 보면 우리는 누구나 수많은 유혹과 중독의 문턱 앞에 섭니다. 그럴 때, 가장 중요한 것은 그 문턱 앞에서 잠시 멈추어 서는 것입니다. 그리고 조용히 스스로에게 물어야 합니다.

'나는 지금 무엇을 채우려 하는 것일까?' '이것이 정말 나를 행

복하게 하고, 나를 사랑하는 사람들이 바라는 것일까?'

　스스로 물을 때 스스로 다짐할 수 있습니다. 우리 마음을 채우는 것은 삶의 의미와 자유가 되어야 합니다. 그것이야말로 나 자신을 가장 깊이 사랑하는 길이며, 나를 믿어주는 가족에 대한 진정한 사랑임을 잊지 마십시오. 🙏

　"연못에 핀 연꽃을 물속에 들어가 꺾듯이,
　애욕을 말끔히 끊어버린 수행자는
　이 세상도 저세상도 다 버린다.
　마치 뱀이 묵은 허물을 벗어버리는 것처럼."

— 〈숫타니파타〉

사람보다 강아지가
더 좋습니다

"사람이 두렵습니다. 그래서 반려견에 의존하고 있어요. 사람보다 강아지가 더 좋은 제가 이상한가요?"

사람을 대하는 것이 두렵고, 세상의 소식이 흉흉할수록 우리는 점점 더 마음을 닫게 됩니다. 누군가는 이러한 현실 속에서 상처받지 않으려고 고독을 선택하고, 누군가는 말 없는 반려동물에게 위로를 구합니다. 우리는 사람들과 관계를 맺으며 살아가는 것이 왜 이렇게 어려운 걸까요?

강아지는 우리가 주는 사랑만큼, 혹은 그보다 더 큰 사랑을 표현하지만, 사람은 그렇지 않기에 두려운 마음이 드는 것입니다.

하지만 그렇다고 해서 그것이 곧 사람과의 관계가 불필요하다는 뜻은 아닙니다. 강아지와 주고받는 사랑과 사람과 주고받는 사랑에는 차이가 있습니다. 강아지는 맹목적인 충성심과 기대로 우리를 바라보지만 사람과의 관계에는 상호작용이 필요하기 때문입니다. 사람과 사람 사이에는 서로 다른 마음과 입장을 이해하고, 조율해 나가는 과정이 가장 중요하다고 할 수 있습니다. 우리는 그 안에서 때로는 기대를 걸고, 때로는 상처받기도 하며 신뢰를 만들어 가는 것이지요. 그러기 위해서는 많은 노력이 필요합니다. 마음은 항상 움직입니다. 상황 따라 쉽게 변해버리지요. 그래서 관계에서는 노력만이 서로의 변화에 적응하고 보조를 맞출 수 있게 합니다.

〈화엄경〉에 연기緣起, 즉 '모든 것은 인연으로 이루어진다'는 말이 있습니다. 세상의 모든 것은 인연 따라 이루어지고, 인연 따라 흘러간다는 뜻이지요. 그런데 이 말을 오해하는 분들이 있습니다. 아무런 노력 없이도 알아서 인연이라는 것이 좋은 쪽으로만 흘러갈 것이라는 기대를 합니다. 인연에는 악연과 선연이라는 두 가지가 모두 포함되어 있습니다. 어리석음의 욕심은 선연을 악연으로 만들기도 하고, 지혜는 악연도 선연으로 만들 수 있습니다. 인연은 언제든 변할 수 있기에 지금 사람과의 관계가 두렵고 어렵더라도 그것을 마음에 고정하지 말고 노력해야 합니다.

질문자처럼 사람과의 관계가 힘들다고 하는 사람들은 대체로 자신이 상처받을까 봐 두려워하는 경향이 있습니다. 나 자신도

타인도 사람이라면 누구나 실수할 수 있고 때로는 나쁜 행동을 하며 상처를 줄 수 있다는 것을 인정해야 합니다. 모두와 좋은 관계를 맺겠다고 하는 것 자체가 욕심입니다. "나는 상대방에게 상처 안 줍니다." 하고 말하지만 지금 이 시간에도 사람보다 강아지가 낫다며 주변 사람들에게 상처를 주고 있듯이, 타인의 마음도 '그럴 수 있구나' 하고 이해하고 받아들이려고 노력해야 합니다. 그리고 반려동물을 사랑하는 마음이 사람을 미워하거나 밀어내는 힘으로 이용되어서는 안 됩니다. 강아지가 나를 조건 없이 사랑하듯, 우리도 때로는 타인을 향해 조건 없는 이해와 신뢰를 발휘해야 할 때가 있습니다. 내 마음의 문을 열어야 타인의 마음도 열 수 있는 법입니다. 그럼에도 주저된다면 자기 자신을 먼저 믿으십시오. 그리고 타인을 바라본다면 사람들의 행동에 크게 동요하지 않을 것입니다.

"자기 자신을 사랑한다면, 자기 자신을 잘 보살펴라."

— 〈법구경〉

타인에 대한 신뢰는 단번에 얻어지는 것이 아니라 서서히 쌓이는 것입니다. 사람과의 관계에서도 작은 신뢰부터 시작하세요. 너무 조급해하지 말고, 작은 인연부터 시작해보는 겁니다. 모든 사람을 다 믿으려고 하지 않아도 괜찮습니다. 관계에서 믿음은 그리 큰 것이 아닙니다. 상대를 인정하는 것입니다. 나와 다른 것이

든, 맞지 않는 것이든 그 사실을 수용하고 함께할 수 있는 부분에서 인연을 맺으면 됩니다. 그렇게 마음을 열어가면, 그 속에서 좋은 인연도 생기고, 뜻밖의 따뜻함을 경험할 수 있을 것입니다.

반려견과 주고받는 사랑과 사람과의 관계는 다르지만, 사랑의 본질은 같습니다. 사랑이란 서로를 인정하고 받아들이는 것에서 시작됩니다. 사람을 완벽하게 믿을 필요는 없지만, 사람을 이해하려는 마음만큼은 열어두길 바랍니다. 그것이 곧, 스스로를 믿는 길이기도 하니까요. 마음을 닫아버리지 않고 열린 마음으로 인연을 맞이할 때, 그 인연 속에서 배울 것을 발견하게 됩니다. 그러니 강아지가 주는 사랑을 소중히 여기면서 사람과의 관계에서도 작은 신뢰부터 쌓아보세요. 그러다 보면, 여러분을 사랑하는 사람들이 주변에 어느새 한 명, 두 명 그렇게 늘어나 있을 것입니다. 🙏

2부

연연하는 삶을
살고 있다면

부모님은 왜 나를
힘들게 하실까요?

주말 아침이면 절에 찾아와 절을 하고 있는 분들이 있습니다. 뒷모습을 보자면 젊은 분들이에요. 주말이면 쉴 법도 한데 무슨 사연이 있어 저리 간절히 비나 싶어 그게 무엇이든 응원을 하고 싶어지게 됩니다. 그날도 절 마당을 지나고 있을 때였어요. 40대로 보이는 한 여성분이 저를 보며 반갑게 인사합니다.

"안녕하세요, 스님."
"네, 안녕하세요."

인사를 채 마치기도 전에 근심 있는 얼굴로 질문을 쏟아냅니다.
"저는 시집도 안 가고, 고등학교를 졸업한 후 지금까지 일하며 부모님과 함께 살고 있습니다. 두 분 다 일찍 일을 그만두시고 집에 계세요. 동생은 장가를 가 본인의 살림을 건사하고 있고요. 그러다 보니 부모님 모시는 일이 자연스럽게 제 일이 되었습니다. 혼자 벌어 부모님 두 분과 함께 살자니 버거운 것이 사실인데 어느 날 어머니께서 이름도 생소한 절에 다니시면서 그 절에 돈을 갖다 드리는 것을 알게 되었습니다. 빠듯한 형편에 안 그러시면 좋겠다고 해도 그래야 본인 마음이 편하다고, 그래야 너와 네 동생 앞날이 잘 풀린다고 저에게 자꾸만 돈을 달라고 하십니다. 어머니의 마음을 무시하고 싶지는 않지만 제가 다닌 절에서는 그렇게 돈을 요구하는 것을 보지 못했기에 화도 내보고 사정도 해보고 했는데 너무 완강하십니다. 제가 안 드리겠다고 하니 동생에게 연락하셔서 돈을 달라고 하기 시작하셨고요. 부모님의 노후에 제 노후 고민까지 저는 걱정이 산더미인데 어머니는 신경도 안 쓰시는 것 같아요. 이대로는 못 살 것 같아 연을 끊고 집을 나와 살아야 하나 고민도 됩니다. 어떻게 해야 어머니의 마음을 돌릴 수 있을까요?"

절에 오신 분들과 이야기를 나누어보면 가장 많은 것이 부모는 자식 걱정, 자식은 부모 고민, 아내는 남편에 대해, 남편은 아내에 대한 고민을 털어놓습니다. 모두가 '고민'을 이야기할 때 부모만 '걱정'이라고 이야기하는 것도 특징이지요. 질문자의 경우 자신이 고생해서 번 돈을 어머니가 이름도 알 수 없는 곳에 갖다 바처 마음이 힘들다고 했습니다. 그게 어떻게 번 돈인데, 어머니는 나 힘든 것도 몰라주고 왜 저러시나. 그렇죠. 속상하죠. 그런데 그런 마음을 갖고서는 해결이 안 됩니다. 그럴 때는 이렇게 생각해보면 어떨까 싶어요. '부모도 나와 똑같다.'

부모라고 해서 인자하고, 너그럽고, 똑바른 판단만 내릴 거라고 생각하면 오산입니다. 부모라고 해서 모두가 성숙하지 않아요. 부모는 생물학적으로 나를 낳은 사람이지, 성인이 아니에요. 성인은 성숙한 사람을 뜻합니다. 내 주변을 한번 보세요. 나이를 먹었다고 해서, 아이를 낳았다고 해서 하루아침에 번뜩 철들고 성숙한 사람이 있던가요. 성숙은 개인의 노력에 달렸습니다. 이런 일도 저런 일도 겪으면서 넓게 보는 시각을 가지게 되고 이해하며 사는 마음을 만들어 가는 거예요. 그러다 보면 인간을 대하는 마음의 폭도 넓어지고, 세상을 바라보는 눈도 너그러워지죠.

부모가 내 뜻대로 움직여주지 않으니 괴로워할 게 아니라 왜 그런 행동을 할까 하고 이해해보려고 노력해야 합니다. 이해는 하지 않고 매사 화를 내고 원망만 한다면 본인만 고통스러워지는 거예요. 계속 '내 뜻'에 사로잡혀 산다면 문제를 절대 해결할 수 없을 거예요. 그리고 떠올려보는 겁니다. 부모님이 우리를 키울 때 어떻게 키우셨는지. 부모님은 우리가 말도 안 되는 말썽을 피워도 그저 예쁘다고, 감싸주고 사랑해주면서 이제껏 키워주셨잖아요. 그런데 우리는 왜 작은 실수조차 부모님에게는 용납이 안

될 것처럼 구는 걸까요. 부모는 자식이 말썽을 피우면 저거 저렇게 살면 나중에 커서 어쩌려고 그러나, 그러고 마시잖아요. 인연을 끊어버리지 않으시죠. 우리도 그렇게 생각해보는 겁니다. "아이구, 노인 양반. 저러다가 나중에 어떻게 죽으려고 그러나." 하고 마세요. 부모님이 우리에게 이거 해라, 저거 해라, 어째라 많은 걸 요구하셨지만 우리가 다 못 들어드렸듯이 부모도 마찬가지입니다. 내가 요구한다고 해서 100퍼센트 다 듣지 않아요. 그럴 이유도 없고요.

그냥 속상해하세요. 부모님도 우리 때문에 속상하게 사신 세월이 분명히 있었어요. 왜 나는 부모님 때문에 속이 상하면 안 되는가요? 부모는 오랜 세월 우리를 참고 길러주었는데, 우리는 왜 부모를 참아주지 못하나요. '부모니까 그렇지!' 하고 생각하는 건 이유가 안 됩니다. 그건 억지고, 투정이에요. 부모도 우리랑 똑같은 인간입니다. 같이 실수하고, 어리숙하고 철이 덜 든 채로 세월을 맞아요. 그 세월 속에서 누군가는 고통을 겪으면서 깨닫고, 누군가는 계속 미성숙하게 사는 겁니다.

누군가를 변화시키는 일에는 많은 인내와 사랑, 그리고 지혜가 필요해요. 단순히 요구만으로는 쉽지 않죠. 우리가 부모님이 원하는 길로 가지 않고 부모를 속상하게 했어도 엄청난 인내를 가지고 지금까지 키우셨듯이, 우리를 끊어내지 않고 지금껏 옆에 있어주시듯이 우리도 그만한 인내를 가지고 부모를 대해야 합니다. 괴롭다, 괴롭다 하면서 결국 포기해버리는 게 답이 아닙니다. 돈을 달라고 하면 안 주면 그만이고, 달라고 전화하면 안 받으면 그만입니다. 그 정도는 견뎌야지요. 부모님도 우리를 키울 때 다 사주지 않았어요. 그리고 어머니께 화를 내는 대신에 내가 잘사는 모습을 보이세요. 어머니가 돈을 갖다 바치지 않아도 자식들은 알아서 올바른 길로 잘 간다고요. 어머니도 조금씩 변화할 것입니다.

"지혜가 없는 어머니와 아버지에게 지혜를 권하고,
지혜에 들게 하여 지혜를 확고하게 하면
어머니와 아버지의 은혜를 갚는 것이며,
넘치게 갚는 것이다."

— 〈증일아함경〉

부모님과 우리는 서로 사랑하는 가족이지만, 동시에 독립된 인격체입니다. 각자 다른 가치관과 성격을 가진 사람이죠. 우리가 어렸을 때 부모님의 모든 기대를 다 들어드리지 못했던 것처럼, 지금은 그 역할이 바뀐 거예요. 서로가 원하지 않는 모습 때문에 아플 수 있어요. 하지만 부모님이 우리를 마음대로 할 수 없듯이, 우리도 부모님을 마음대로 바꿀 순 없답니다. 이제는 부모님을 조금 다른 눈으로 바라보면 어떨까요? 부모님의 부족한 점을 알게 되었다면, 이제는 화나 원망 대신 따뜻한 연민의 마음으로 바라보는 연습을 해보세요. 부모님의 잘못된 선택을 당장 바꿀 순 없어도, 연민과 인내로 옳은 길을 보여줄 때 그것이 진정한 가르침이 될 것입니다. 지금 이 순간이 우리가 부모님을 가르쳐야 하는 시간이 되었음을 알고 포기하지 마시길 바랍니다. 🙏

<법구경>

不務觀彼 作與不作 常自省身 知正不正
불무관피 작여부작 상자성신 지정부정

"남이 무엇을 했는지, 하지 않았는지에 마음을 두지 말고
 항상 자기 자신을 성찰하여 옳고 그름을 알아야 한다."

다른 사람의 행위에 집중하지 말고 나의 몸과 마음을 수시로 살펴
바른길을 추구하십시오.

부모님은 왜
차별하실까요?

요즘 같은 봄날, 가만히 방에 앉아 창문을 통해 내려다보면 고요한 절 마당에 진돗개 가람이와 술래잡기를 하는 아이들을 보게 됩니다. 부모님이 연신 쉿! 하며 주의를 주어도 잠시 소리를 멈추었다가 그뿐이지요. 움튼 새싹이 잎으로 터져 나오는 것처럼 아이들의 웃음소리는 막을 수 없어요. 고요했던 절에도 오랜만에 활기가 돕니다. 그런데 이렇게 아이들 노는 것을 보다 보니 딸아이는 그래도 엄마의 눈치를 보며 뛰길 멈췄다 걷기를 반복하는데, 아들아이는 그러거나 말거나입니다. 같은 주의를 받았는데 왜 딸과 아들의 행동에 차이가 있을까. 예전 한 신도님의 이야기가 떠오릅니다.

이제 곧 환갑을 앞두고 있다는 신도님은 6남매에 다섯째로 태어난 분이었습니다. 아들을 낳지 못해 구박당하며 살던 어머니가 아들을 낳자 구박은 면했지만, 아들 건사를 위한 본격 고생길에 접어들었다고 했지요. 위에 언니들은 그래도 세상에 일찍 눈을 떠 자발적으로 공부도 하고 또 집을 나가 자신의 앞날을 개척했는데 유독 다섯째, 이 보살님만 집에서 못 나가게 하더랍니다. 동생을 건사해야 한다고요. 도와달라는 어머니 말에 뿌리치지도 못하고 살다 마흔이 넘어 결혼해 따로 살게 되었지만, 동생 건사는 아직도 이어지고 있다고 했습니다. 돈이며, 반찬이며 해대느라 고생을 하는데, 막냇동생은 아들이라 대학도 나오고 부모님 재산을 마음대로 갖다 쓰면서도 여전히 누나를 보면 돈, 돈 한다고 했습니다. 어머니가 우리 집에 아들 하나인데 도와주는 게 당연하지 않으냐고 누나가 돼서 그것도 못 하냐 오히려 호통을 치신다고요. 이렇게 평생 뒤치다꺼리나 하다 죽는 건 아닌가 싶어 연을 끊을까 생각하다가도 차마 그럴 수도 없어 이러지도 저러지도 못해 괴롭다고 했습니다.

누군가에게 차별당한다는 기분은 정말로 불쾌합니다. 게다가 차별의 주체가 부모라면 그 고통은 서글픔으로 다가와 고통이 배가 됩니다. 저는 이러지도 저러지도 못하는 신도님에게 물었습니다. "그래서 인연을 끊고 싶습니까?" 그러자 신도님은 아니라고 하며 이쯤 되니 어머니가 왜 같은 자식이고 고생도 자신이 더 많이 하는데 평생 아들만 알고 자신의 고생은 알아주지 않는 건지, 왜 차별을 하는 건지 궁금하다고 했습니다. 혹시 자식을 차별하는 부모는 나중에 죽어서 벌을 받냐고도 묻고요. 어머니한테 많이 서운하기는 서운했던 모양입니다. 저는 다시 물었습니다.

"보살님은 차별 안 합니까?"

"네?"

"보살님은 평소에 좋고 싫고, 그런 거 없냐고요."

"네, 저는 차별 안 합니다."

"본인은 엄마가 좋아요, 아빠가 좋아요?"

"……"

차별을 안 한다던 신도님은 질문을 받자 누구라고 대답해야 할지 고민하는 얼굴이었습니다.

"저는 어머니를 더 좋긴 합니다만, 그렇다고 아버지를 미워하진 않아요."

"보세요, 본인도 더 좋은 사람이 있잖아요. 어머니도 마찬가지로 막냇동생을 더 좋아하는 것뿐입니다."

보통 가족 간의 편애는 일상 속 소소한 것에서부터 시작되기 때문에 사랑을 주고, 받는 당사자는 내가 편애의 주체나 대상임을 인지하기 어렵습니다. 주변 사람들은 다 차별로 느끼는데 말이지요. 그리고 어머니의 입장에서 생각해보면 딸은 고생을 시켜도 고분고분하니까, 그럴 만하니까 시켰을 것입니다. 어머니 본인은 이게 부탁이라고 생각하지 않고, 또 딸이 들어주니까 문제가 없는 행동으로 인식하고 행동한 것이지요. 만약에 신도님이 언니들처럼 거절하고 안 들어줬다면 이야기는 달라졌을 겁니다.

부모가 자식을 사랑이라는 이름으로 차별대우하는 것은 분명 잘못된 일입니다. 그건 부모가 어리석기 때문이에요. 그러므로 원망하는 마음은 멀리 던져버리고 '나는 우리 부모처럼 어리석게 살지 않겠다'고 생각하고, 한편으로는 어머니를 가엾게 보는 마음을 가져야 합니다. 우리 어머니가 막냇동생에게 저러시는 것이 당신의 삶에 힘이고 버팀목이구나, 하고 인정해버려야 합니다. 신도님의 마음이 괴로운 것이 너무 이해가 됩니다. 신도님은 어머니의 어리석은 편애를 알면서도 어머니를 사랑하니까 들어주신 거잖아요. 그런데 그 사랑이 돌아오지 않고 다른 데로 가니 서운할 수밖에요. '난 엄마에게 사랑을 드렸는데, 엄마는 그 사랑을 나에게 주지 않고 동생에게 주면서 당연하게 여기시네' 하고 서운한 게 당연합니다.

어린 시절, 하고 싶지 않은 일을 하면서도 하게 되는 많은 동기의 밑바탕에는 부모님의 인정과 사랑을 받고자 하는 마음이 자리하고 있습니다. 오랜 시간, 싫다고 하면서도 동생을 돌봐온 신도님의 모습 안에는, 여전히 어머니의 사랑을 기다리던 어린 소녀가 머물러 있는지도 모릅니다.

인연을 끊는 것이 능사는 아닙니다. 신도님처럼 오랜 시간 마음의 결핍을 느껴온 사람에게 가장 필요한 것은 단절이 아니라 채움입니다. 남을 배려하고 생각해주는 만큼, 나를 소중히 여기는 시간을 더 많이 가지도록 노력해보세요. 그리고 속상한 마음이 올라올 때마다 어린 시절 자신과 솔직하게 마주하고 말해주세요. "넌 충분한 사람이야. 네 잘못은 없어. 너무 고생했고 네 덕분에 지금의 나는 좋은 어른이 되었어. 고마워"라고요.

진정한 치유는 상처를 없애는 것이 아니라 상처와 화해하는 것입니다. 부모로부터 충분하지 못한 애정과 인정 때문에 이러지도 저러지도 못하는 자신을 자유롭게 해주는 열쇠는 자신을 사랑하는 것입니다.

원망과 미움으로는 아무것도 바꿀 수 없습니다. 우리가 붙인 '부모'라는 글자는 이름일 뿐입니다. 자식이 내 것이 아니듯, 부모도 내 것이 아닙니다. 원망하고 내 맘대로 바뀌길 기대하지 말고 나 자신을 더 사랑하고 인정하면서 더 많은 사랑을 주변에 나누어 주세요. 마음에 평화가 깃들기를 바랍니다. 🙏

우리는 왜 엄마에게
함부로 화를 낼까요?

　부모님은 우리와 세상에서 가장 가까운 존재입니다. 나를 가장 잘 알고, 가장 사랑해주는 분들이지요. 특히 어머니는 자식을 자신의 몸에 열 달 동안 품다 세상으로 내보낸 존재입니다. 세상에서 가장 강하지만, 동시에 가장 약한 존재이지요. 어머니에게 자식은 자기 몸의 일부나 마찬가지입니다. 그래서 자식의 날 선 말이나 투정이 자신을 찔러도 상처받기보다 자식의 마음이 다칠까봐 먼저 걱정하고 감싸줍니다. 그러나 자식은 편안하게 안겨 쉬었던 품, 언제나 곁을 지켜주었던 따뜻한 눈빛 앞에서 때때로 서운함과 답답함을 서툴게 쏟아내곤 합니다. 우리는 왜 부모님에게 쉽게 화를 내고, 후회하며 마음 아파할까요?

우리는 부모님과 몹시 밀접하고 익숙한 관계를 맺고 있습니다. 익숙함이 깊어지면 나와 가까운 사람은 내 마음을 이해하고, 내 뜻대로 해줘야 한다는 기대를 하게 되지요. 그러다 내 생각과 다르다는 걸 알면 답답해하고 짜증을 내는 것입니다. 너무 가깝고 편하기 때문에 소중함을 잊어버리는 것이지요. 어머니는 우리 앞에서 언제나 조심스럽습니다. 자식이 부족한 모습을 보이면 그것이 자신의 모자람이라 생각하며 더 미안해하고 더 채워주려고 합니다. 하지만 자식은 오히려 당연한 권리처럼 사랑과 희생을 요구하며 어머니를 몰아세우지요. 자식은 마치 빚을 받으러 온 사람처럼 행동하고, 어머니는 평생 빚을 진 사람처럼 안절부절못하며 자식을 바라봅니다. 우리가 태어나 살아 있다는 사실 자체가 이미 어머니에게 빚을 진 상태인데, 어머니는 빚이라 생각하지 않고 오히려 자식에게 사랑을 줄 수 있음에 감사하며 살아갑니다.

세상을 살아가다 보면, 부모님의 말씀을 듣지 않고 자기 뜻대로 밀고 나갔다가 넘어지고 지쳐 쓰러질 것 같을 때가 있습니다. 그럴 때 자식이 기댈 수 있는 유일한 곳이 바로 부모님의 품입니다. 하지만 부모님의 시간은 우리가 생각하는 것보다 훨씬 빠르게 흘러갑니다. 우리가 성장하는 사이 부모님은 더 빠르게 노화를 겪습니다. 그만큼 함께할 시간이 줄어드는 것이지요. 그렇기 때문에 습관적으로 부모님께 화를 내고 돌아선다면 사과할 기회를 영영 잃어버리게 될지도 모릅니다. 그러니 화를 냈다가도 얼

른 내 마음이 옳지 않았다는 것을 인정하고 진심을 표현해야 합
니다. 자식을 사랑한다는 이유로 우리가 준 상처마저 훈장처럼
품고 살아가는 어머니에게, "엄마가 있어서 참 행복해요"라고 전
해야 합니다. 그리고 손 잡아드려야 합니다. 우리가 이 세상에서
처음 잡았던 손이 바로 어머니의 손이었다는 것을 잊어서는 안
됩니다.

"이 세상에 어머니가 살아 계심은 참으로 행복이다.
이 세상에 아버지가 살아 계심도 또한 행복이다."

— 〈법구경〉

　부모님에게 화를 내는 것은 결국 나 자신에게 큰 손해입니다.
후회와 미안함이 마음에 남아 더 깊은 상처로 내 안에 새겨지기
때문입니다. '그냥 좀 더 참아 드릴걸' '전화를 반갑게 받아드릴걸'
'챙겨주는 걸 귀찮아하지 말걸' 같은 후회는 평생 이어집니다.
　아무리 부모와 자식이 끈끈한 사이라고 하더라도 자식에게 싫
은 소리를 듣는 걸 좋아하는 부모는 없습니다. 사랑으로 키운 자
식이 나에게 웃어주고, 다정하게 건네주는 말 한마디가 세상에
서 가장 행복한 일임을 잊어서는 안 됩니다. 부모님과의 대화에
서 부정적인 감정이 올라오면, 잠깐 멈추고 심호흡을 하세요. 그
리고 '이 말을 하면 후회하지 않을까?' 생각하면서 말을 골라보세
요. 자연스럽게 말투가 부드러워질 것입니다. 경솔함이 상처를 만

듭니다. 불교에서는 관세음보살님의 자비심을 강조합니다. 관세음보살님은 모든 중생의 소리를 듣고, 그 아픔을 헤아리며 사랑을 실천하는 존재입니다. 관세음보살님처럼 부모님의 마음과 아픔을 헤아려보려고 노력해야 합니다.

"부모님을 칠보로 가득한 이 지구의 최고 통치자로
모신다고 해도 부모님의 은혜는 같을 수 없다.
부모님은 자식들을 위하여 그보다 많은 것을
하시기 때문이다."

— 〈앙굿따라니가야〉

우리는 모두 부모님이 소중한 존재라는 것을 잘 알고 있습니다. 그러니 후회하기 전에 부모님께 작은 선물이나 편지를 통해 마음을 표현하십시오. 사랑과 감사를 표현하는 것이 중요합니다. 부모님은 우리가 성공하기를 바라지만, 무엇보다 행복하게 살아가길 원하십니다. 부모님과의 관계를 따뜻하게 만들기 위해 꾸준히 노력하십시오. 그것이 후회 없는 삶을 위한 가장 확실한 방법입니다. 🙏

가장이라는 무게가
너무 무겁습니다

　요즘 이혼하는 사람들도 많다고 하지만, 한편에서는 여전히 누군가 결혼을 준비하고, 결혼식을 올리고, 아이를 낳으며 살아갑니다. 그렇게 세상은 늘 돌아가고 있지요. 결혼을 하면 누구나 자연스럽게 한 가정의 가장이 됩니다. 남자든 여자든 결혼 전과는 달리 더 큰 책임을 짊어지게 되지요. 어제까지는 나 하나만 챙기면 되었는데, 어느새 가족을 위해 살아가야 하는 존재가 된 겁니다. 그러니 그 책임과 무게가 버겁게 느껴지는 건 당연한 일일 겁니다. 그래서일까요. 가끔 절에는 가장이라는 이름의 무게를 잠시 내려놓고 쉬고 싶어 찾아오는 분들이 있습니다. 몸이 아파도 출근해야 하고, 회사에서 속상한 말을 들어도 참고 견뎌야 하며, 집에 오면 사랑하는 가족이 있지만 정작 나 자신은 온전히 쉬지 못하는 삶을 살고 계신 분들이지요. 그분들은 절에 오면 정말 아무 것도 하지 않아요. 그냥 산책을 하거나 멍하니 볕을 쬐는 게 다입 니다. 가끔 대화를 하게 되면 힘없이 이렇게 말하곤 합니다.

"앞으로 내 인생은 없을 것 같아요. 평생 이렇게 살아야 한다고 생각하니 속이 너무 갑갑합니다. 어떡해야 할까요?"

그 이야기를 들을 때면, 농담으로 '에이, 그러게 누가 결혼하라 고 했나요?' 하며 웃어넘기고 싶지만, "고생이 참 많지요?" 하고 따뜻한 인사를 내어드립니다. 삶을 살아가는 우리 모두가 사실은 나 자신과 싸움을 하고 있습니다. 특히 가족을 책임지고 있는 사 람이라면 이런 갈등은 더 자주, 더 깊게 찾아옵니다.

'나는 왜 이렇게 살아야 하지?'

'나도 내가 원하는 대로, 살고 싶은 대로 홀가분하게 살 수 없 을까?'

이런 고민을 하는 사람은 나 혼자만이 아닙니다. 수많은 사람 들이 비슷한 마음을 안고 살아가지요. 가족을 위한 삶은 소중합 니다. 하지만 가족만을 위해 살다 보면, 어느 순간부터 나 자신이 누구인지, 내가 진정 원하는 것이 무엇인지조차 잊어버리기 쉽 습니다. 절에 찾아온 어떤 분의 말씀이 기억납니다. "가족을 위 해 살다 보니, 어느새 나라는 사람은 사라진 것 같아요." 그 말이 참 마음 아팠습니다. 사실, 진정한 행복이란 가족을 위해 책임을 다하는 것뿐만 아니라 내 안의 평화와 균형을 찾는 데서 시작되기 때문입니다. 내가 사라지는 것은 가족이라는 짐 때문만은 아닐 것입니다. 내가 나에게 힘들다고, 지친다고 말할 때 나 스스로를 만나주지 않았고 제대로 들어주지 않았기 때문에 내 어깨 위의 짐 무게가 더 무겁게 느껴지는 것입니다. 가장이라는 무게에 짓눌리기 직전까지도 아마 마음의 소리를 억누르고 '사는 게 다 그렇지' '이런 한가한 생각할 시간이 어딨어' '팔자 편한 생각은 그만하자' 하며 외면했을 것입니다. '열심히 산 것이 잘못이냐' 할 수도 있지만 자신을 돌보지 않고 산 대가는 본인이 치르게 되는 것이니 스스로를 돌보라고 말씀 드리는 겁니다.

더는 외면하지 말고 자신과 솔직히 이야기해야 합니다. 그리고 내 삶의 이유와 의미를 찾아서, 자신에게 따뜻하게 말해주어야 합니다. 그래야 스스로에게 용기와 희망을 줄 수 있습니다. 지금 나에게 내 삶의 의미와 앞으로의 희망을 주지 못하면, 내일의 나는 더 지치고 부정적인 시선으로 세상을 바라보게 될 것입니다. 우리는 살아가면서 각자 책임을 다해야 하지만, 그 과정에서 나 자신을 잃어버리면 결국 무엇을 위해 사는지 알 수 없게 됩니다.

불교에는 '자타불이自他不二'라는 아름다운 말이 있습니다. 나와 남이 둘이 아니라는 뜻입니다. 내가 지쳐 있으면 결국 가족에게도 온전한 사랑을 주기 어렵습니다. 나 자신이 먼저 행복하고 평안할 때, 가족에게 줄 수 있는 사랑도 더 커지는 법입니다. 가장은 누군가 정해준 이름이 아닙니다. 사랑하는 마음으로 가족을 지키기 위해 생겨난 이름이지요. 가족을 그저 책임져야 하는 짐이라고만 생각하지 마세요. 가족이 때때로 나를 힘들게 할 수도 있지만, 만약 그 가족들이 없다면 삶은 얼마나 외롭고 쓸쓸할까요. 가족은 나와 함께 길을 걸어가는 소중한 동반자입니다.

마음이 지쳐 힘든 상황에 놓여 있다면 아무리 바쁜 일상이라도 하루에 30분, 단 10분 만이라도 자신만의 시간을 가져보세요. 조용히 기도를 하거나 명상을 통해 마음을 다독이고 스스로에게 따뜻한 위로와 힘을 주는 것입니다. 그 작은 시간이 쌓이다 보면 어느새 가족에게도 더 따뜻한 마음을 내어줄 수 있을 것입니다. 가족을 위해 산다는 건 단지 희생만을 의미하지 않습니다. 먼저 나 자신을 사랑하고 돌본 뒤 그렇게 얻은 힘과 사랑을 가족과 함께 나누어보세요. 우리 모두는 이 세상에 잠시 머무는 존재입니다. 그러니 이 짧은 생을 살아가는 동안 무엇보다 자기 자신을 사랑하며 살아가야 합니다. 자신을 사랑하고, 또 누군가를 자신만큼 사랑할 수 있다면 그 존재는 바로 가족이지 않을까요? 무거운 짐을 지고 오늘을 성실히 살아낸 모든 가장에게 존경의 인사를 보냅니다. 오늘도 수고하셨습니다. 🙏

같은 종교를 믿길 원하는
가족 때문에 힘듭니다

"결혼을 앞두고 있습니다. 저는 무교인데, 결혼을 하게 되면 시댁을 따라 교회에 나가야 합니다. 영 내키지 않는데, 꼭 교회에 가야 할까요?"

사람은 저마다 다른 신념을 가지고 살아갑니다. 같은 신앙을 가졌다 하더라도 믿음의 깊이나 표현 방식은 다를 수 있고, 서로 다른 종교를 믿거나 신앙이 없는 사람들도 각자의 가치관을 바탕으로 삶을 살아가지요. 하지만 가족이라는 가까운 관계 안에서 종교적 차이는 때로 갈등이 되기도 합니다. 특히, 가족이 내가 믿고 따르는 종교를 받아들이지 않거나 반대로 같은 신앙을 믿도록 강요할 때 마음이 무거워지고, 그걸로 가족 간에 불화가 생기는 건 아닐까 걱정마저 들기도 합니다. 가족이 같은 종교를 믿기를 바라는 것은 어쩌면 사랑에서 비롯된 것일 수도 있습니다. 좋아하기 때문에, 그리고 자신이 믿는 종교가 정말 좋다고 믿기 때문에 함께하길 원하는 것입니다.

저는 믿음이 없는 것보다는 믿음이 있는 삶이 사는 데 더 큰 힘이 된다고 생각합니다. 삶은 때때로 우리의 의지와는 상관없이 고통을 가져옵니다. 그럴 때 자신을 회복시키는 좋은 길 중 하나가 믿음입니다. 질문자는 현재 종교를 가지고 있지 않기에 시댁 어른들께서 더 간곡하게 권유하실 수 있습니다. 만약 아직 특별히 마음이 끌리는 종교가 없다면, 마음을 완전히 닫아두지는 않되 그렇다고 억지로 종교를 가져보려고 애쓸 필요도 없습니다. 단지 '난 절대로 교회에 가지 않을 거야!' 같은 단호한 마음은 잠시 내려놓아 보셨으면 합니다.

그리고 지금의 솔직한 마음을 시댁 어른들께 정중하게 전해보세요. 예를 들어 "저를 위해 권유해주셨는데 제가 아직 마음의 준비가 되어 있지 않아서 교회에 가는 것이 편하게 느껴지지 않습니다. 앞으로 시간을 두고 제 스스로 선택할 수 있도록 지켜봐주실 수 있을까요?"라고요. 자신의 마음을 분명히 전하지 않으면 시댁 어른들의 권유가 계속될 수 있고, 그로 인해 서로 간에 불편한 감정이 쌓일 수도 있습니다. 종교 문제를 명확히 하지 않은 채 결혼하게 되면, 나중에 종교가 가정불화의 주요 원인이 되는 경우도 있습니다. 종교는 생각보다 많은 갈등을 불러올 수 있기 때문에 미리 자신의 입장을 솔직하고 분명하게 전하는 것만으로도 오해로 인한 큰 갈등을 예방할 수 있습니다.

> "비록 경전은 조금 외웠더라도 진리에 살고
> 진리를 위해서 존재하며, 탐욕과 미움과 무지를 버리고
> 옳은 지식과 마음의 평안을 얻고, 이생에도 내생에도
> 얽매이지 않는 사람은 종교인이다."
>
> ― 〈법구경〉

물론 시댁 어른들의 의견을 받아들이지 않고 자신의 생각을 입 밖으로 꺼낸다는 것이 불편할 수 있습니다. 그러나 서로의 생각을 분명히 알게 되면 그 안에서 타협의 방법을 찾을 수 있습니다. 종교를 갖는 것도, 갖지 않는 것도 개인의 자유로운 선택입니다. 그리고 한 가지, 내가 믿지 않는다고 해서 다른 사람의 믿음을 폄하하거나 무관심하게 대해서는 안 됩니다. 남편과 시댁 가족들의 종교를 있는 그대로 존중하고 지지하는 것을 잊지 마세요. 비록 아직 내 마음이 그 신앙에 닿지 않더라도, 상대방의 믿음을 존중하고 지지하는 태도를 보이면 관계는 훨씬 부드러워질 수 있습니다.

만약 종교적 신념이나 입장 차이로 가족과 갈등이 생긴다면, 가족이 되기 위해 종교가 정말 절대적인 조건인지, 아니면 서로 조금씩 이해하고 배려할 수 있는 부분이 있는지 함께 고민해보시

길 바랍니다. 〈화엄경〉에는 "진리는 다르지 않지만, 길은 각자 다를 수 있다. 서로의 길을 존중하라"는 말씀이 있습니다. 서로가 다름을 인정하고 존중하는 태도를 가진다면, 굳이 갈등을 일으킬 필요도 없다는 뜻입니다. 진정한 믿음은 결코 강요로 이루어질 수 없다는 사실을 잊지 마시기 바랍니다. 🙏

아픈 시부모님을
모시는 게 너무 힘듭니다

"치매이신 시어머니를 7년째 모시고 있습니다. 매일 씨름하듯 힘든 일상을 보내며 어느덧 제 나이도 칠순을 바라보게 되었습니다. 이런 불평하는 마음이 너무 죄스럽지만, 제 인생이 이렇게 사라지나 싶은 마음이 들어 삶에 회의가 들고, 지칩니다. 답답한 마음에 점을 봤더니 제가 전생에 죄를 많이 지어서 그렇다고 하네요. 다 제 업보라면서 참고 살라는데, 정말 업보라는 게 있나요? 있다면 무슨 죄를 지어서 이렇게 사는 것인지…. 너무 답답합니다."

절 마당에 앉아 있으면, 세상의 소리가 잦아들고 마음의 소리가 선명해집니다. 어느새 칠순을 바라보는 나이에 7년째 치매를 앓고 계신 시어머니를 돌보는 일은 그 무게를 겪어본 사람만이 알 수 있는 수고일 것입니다. 때로는 숨이 막힐 듯 무겁고, 답답하며 누군가에게 나의 수고를 알아달라고 말하기도 쉽지 않습니다. 효도가 특히 그렇습니다. 그중에 병간호는 가족이라면, 특히 자식이라면 기꺼이 짊어져야 하는 짐으로 기약도 없이 이어지기에 더욱 힘들게 다가옵니다. 나보다 시어머니를 더 걱정하며 사는 삶에 회의가 드는 것은 어찌 보면 당연하다고 할 수 있습니다. 그러니 죄스러워할 필요가 없습니다. 오히려 그 힘듦을 솔직하게 털어놓는 것이 용기 있는 자세이며, 고요함 속에서 지친 자신의 마음에 귀 기울이는 이런 태도는 진정한 자기 돌봄을 시작할 준비가 되었다는 신호이므로 격려를 해드리고 싶습니다.

불교에서 말하는 업業은 마음으로 행한 행위이며, 업보業報는 우리가 한 행동이 우리에게 돌아오는 결과를 뜻합니다. 선한 행위를 했다면 선업으로 돌아올 것이고, 악한 행위를 했다면 악업으로 돌아온다는 뜻입니다. 즉, 업보에는 선한 업보도 있다는 의미입니다. 누군가 사연자의 노고를 전생의 악업이라고 말한 것처럼, 사람들은 누군가의 수고를 함부로 평가하는 경향이 있습니다. 하지만 부처님께서는 "병든 이를 돌보는 행위는 가장 크고 빛나는 공덕 중 하나다"라고 말씀하셨습니다. 이 말씀에 빗대어 보면 시어머니를 돌보는 이 시간이 새로운 선업을 지을 수 있는 인연인 셈입니다. 그러니 하루하루 쌓아 올리는 소중한 선업의 가치를 스스로 인정하고, 스스로를 돌보는 일에 좀 더 일상의 무게 중심을 두어야 합니다.

"병자를 돌보아주는 것은 곧 나를 돌보는 것과 다름없다.
　그렇게 하면 언제나 큰 복을 얻을 것이다."

— 〈증일아함경〉

　선업을 짓는 일이라고 해서 홀로 모든 것을 짊어지고 희생하려 할 필요는 없습니다. 시어머니를 '내가 모셔야만 한다'는 무거운 책임감보다, '시어머니께 진정한 도움이 되는 것이 무엇일까?'라는 질문으로 시선을 돌려보세요. 내 한계를 솔직히 인정하고 가족이나 요양기관 같은 주변의 도움을 요청하는 것은 결코 불효나 나약함이 아닙니다. 그것은 오히려 지혜롭고 현실적인 사랑의 실천이며, 당신의 몸과 마음을 돌보는 최선입니다. 내가 건강하고 행복해야 다른 사람에게도 진정한 사랑을 나눌 수 있습니다. 기꺼이 도움을 요청하고, 주변 사람들과 나의 역할을 나눌 때 나의 수고에 공감받고, 또 위로받을 수 있을 것입니다.

　불교에서 말하는 자리이타自利利他의 선업은 마음과 행동이 조화롭게 어우러질 때 진정한 공덕이 완성됩니다. 몸은 부지런히 선행을 하고 있지만 마음이 괴로움으로 가득 차 있다면, 그 공덕은 온전히 빛나기 어렵습니다. 잠시 절 마당에 앉아 숨을 고르듯, 하루 중 짧은 시간이라도 오롯이 자신만을 위한 시간을 가지세요. 앞으로도 시어머니를 돌보는 일은 분명 쉽지 않고, 때때로 무척 고될 것입니다. 하지만 선업의 의미를 되새기고, 자비와 인내의 빛으로 가득한 공덕의 여정임을 기억하며 마음을 다스리시길 바랍니다. 숭고한 길을 걷고 계신 당신께 깊은 존경과 응원을 보내며, 부디 자신 또한 소중히 여기고 돌보시기를 간절히 기원합니다. 🙏

"복이 없을 것이라 하여 조그만 선도 가볍게 여기지 말라.
방울방울 떨어지는 물이 작을지라도 쌓이고 쌓여
큰 그릇을 채우나니 무릇 이 세상에 가득한 복도
조그만 선이 쌓여 이루어진 것이라네."

— 〈법구경〉

막말하는 사람에게
어떻게 대응해야 할까요?

우리는 종종 다른 사람들의 말에 상처를 받습니다. 특히 그 말이 거침없고, 때로는 지나치게 솔직하거나 무례할 때 상처는 더욱 깊어집니다. "너 살찐 것 같아" "왜 이렇게 나이 들어 보이냐" 같은 외모 비하는 듣기만 해도 불쾌하고, 혹시 다른 의도가 있진 않나 상대의 말을 왜곡하고 증폭하기에 이릅니다. 이럴 때 우리는 어떻게 반응해야 할까요? 타인의 막말을 어떻게 받아들이고, 또 어떤 자세로 대처해야 할까요?

누군가 나에게 상처 주는 말을 했을 때, 그 감정을 억누르기보다는 솔직하게 표현하는 것이 중요합니다. "그 말을 들으니까 마음이 아프네. 나도 노력하고 있지만, 그런 말은 상처로 다가온다."

이처럼 차분하게 자신의 감정을 전달하는 겁니다. "그러는 너는 뭐가 잘났냐!" 하고 감정적으로 반응하는 것이 아니라, 그 말이 왜 나를 아프게 했는지 알려주는 것이지요. 그리고 꼭 기억해야 할 것은, 무례한 누군가의 말이 나의 인생을 규정하게 두어서는 안 된다는 점입니다. 가끔 막말을 들었다고 해서 '내가 진짜 그런 사람인가?' '남들도 나를 그렇게 보나?' 하고 괴로울 수 있습니다. 그러나 사람마다 보는 눈과 살아온 배경이 다릅니다. 어떤 의도에서 그런 말을 했는지 알 수 없는 상황에서, 그 말을 곧이곧대로 받아들여 나 자신을 의심하는 것은 어리석은 일입니다.

만약 누군가 단지 나를 불쾌하게 만들기 위해 한 말이라면, 그건 들을 필요조차 없는 말입니다. 그 사람 스스로 풀지 못한 감정이 밖으로 튀어나온 것일 뿐, 나와는 상관없는 말이라고 여겨야 합니다. 그냥 뱉은 말을 곧이곧대로 받아들여 내 모습을 바꾸려고 하거나, 스스로를 미워하게 된다면 결국 내 삶을 그 사람에게 내어주는 꼴이 되고 맙니다. 우리는 자신을 존중하며 살아가야 합니다. 자존감이 흔들리면, 다른 사람의 말이 더 쉽게 상처로 내 안에 자리 잡습니다. 자존감이 낮은 사람은 자신의 불안을 감추기 위해 남을 비난하거나 공격하려는 경향이 있습니다. 그 사람이 뱉는 막말의 본질은 결국 자신이 느끼는 불안과 자존감 부족에서 비롯된 것이니 그 사람의 막말이 나에게 상처를 줬더라도, 그것이 나의 가치와는 아무런 상관이 없다는 것을 바로 알아채야 합니다.

내 가치는 내가 정의하는 것이지, 다른 사람이 정의할 수 없습니다. '자신을 아는 것이 진정한 지혜'라는 말이 있습니다. 내가 어떤 사람인지, 내 삶의 목적이 무엇인지 분명히 알고 있는 사람은 자신을 비난하기 위한 말에 흔들리지 않습니다. 남이 나를 어떻게 평가하든 마치 바람이 귓가를 스쳐 지나는 것처럼 스쳐 가게 놔두는 것입니다. 내가 내 삶을 어떻게 살아가고, 내 가치는 무엇인지 아는 사람은 다른 사람의 평가에 신경 쓰지 않습니다. '상대의 말이 진실일 수도 있지만, 그 말이 내 삶의 전부를 결정하는 것은 아니야.' 그냥 그렇게 생각해버리고 지나가지요.

우리는 살면서 수많은 사람을 만나고, 때때로 막말을 들을 때도 있습니다. 만약 누군가가 습관적으로 비난하고 상처를 준다면, 방편으로 그 사람과의 거리를 잠시 두는 것이 좋습니다. 굳이 관계를 끊을 필요까진 없어요. 단지 '나를 지키기 위해' 문을 가만히 닫아두는 것입니다. 그리고 자신에게 말해주세요. "내가 나를 자애로 보듬어주는 것은 부족함이 없어서가 아니다. 그 또한 내 삶의 한 모습이고, 그 속에서 나는 다시 나아갈 것이다"라고요. 우리라는 존재는 타인의 무례한 '말의 바람'에 흔들려 변하는 것이 아닙니다. 오로지 자신을 향한 자애로운 알아차림과 따뜻한 받아들임을 통해서만 성장할 수 있다는 것을 기억하세요. 🙏

<법구경>

我生已安, 不慍於怨
衆人有怨, 我行無怨
아생이안, 불온어원
중인유원, 아행무원

"원한에 대해 노여움 없으니, 내 생生은 이미 편안하다네.
 사람들은 누구나 원한을 품지만, 내 행行에는
 아무런 원한 없다네."

자애로운 마음을 가지고 상대를 바라보며, 상대의 미움에
내 마음을 빼앗기지 말고 본래 자리를 지키기 위해 노력하십시오.

정직한 사람이
손해 보는 것 같습니다

절에 머무는 새들의 소리는 계절에 따라 변합니다. 겨울에는 까치 소리만 들리지만, 봄이 오면 붉은머리오목눈이들이 소란스럽게 날아다니고, 여름이 가까워지면 멧비둘기가 가슴을 부풀리며 우렁차게 울어댑니다. 계절이 흐르듯, 우리 사회도 끊임없이 변화하지만, 때때로 세상의 모습은 우리를 실망시키기도 합니다. 어느 날 한 신도님이 깊은 한숨을 쉬며 저를 찾아오셨습니다. 세상 돌아가는 모습이 허탈하고 무력하게 느껴진다고 했습니다. 권력을 가진 사람들이 큰 죄를 짓고도 벌을 받지 않는 현실을 보며, 억울하고 답답한 마음이 든다는 것이었습니다. 저를 바라보며 물었습니다.

"왜 사람들은 거짓말을 할까요? 특히 자신을 과장하거나 타인을 속여서 이득을 취하는 사람들을 우리는 어떻게 바라봐야 할까요?"

그런 세상입니다. 마음이 갑갑하고, 눈에 뻔히 보이는 거짓말로 현혹조차 하지 않고 대놓고 사람을 무시하듯 속이지요. 일말의 수치심도 사라진 듯한 요즘입니다. 우선 거짓말에 대해 이야기해볼까요. 거짓말하는 사람들의 심리는 단순하지 않습니다. 그저 남을 속이기 위해서라기보다는, 그들의 내면에는 인정받고 싶고, 결핍을 감추고 싶은 갈애가 자리 잡고 있는 경우가 많습니다. 자신의 부족함을 인정하긴 두렵고, 이것만 감추면 남보다 나은 사람으로 보일 수 있다는 거짓의 욕망에 휘둘리는 것입니다. 하지만 그러한 행동은 결국 자신을 거짓의 가면에 가둬버리게 되며, 순간적으로 자신을 보호하는 방패처럼 보일지 모르지만, 결국에는 자신의 가장 깊숙한 곳을 찌르는 창이 되어 겨누고 있을 뿐입니다.

"악이 익지 않는 한,
　어리석은 자는 악을 꿀맛으로 생각하지만,
　악이 익으면 어리석은 자는 괴로움을 받는다."

— 〈법구경〉

거짓을 말하는 것은 단지 도덕적 잘못이 아니라, 스스로의 삶을 어둡게 만드는 행위입니다. 결국 자신의 마음을 속이고, 참된 자유를 얻지 못하게 되지요. 가끔 이런 질문을 받습니다. 왜 정직하게 사는 사람들은 더 힘들게 사는 것 같고, 거짓말하고 남에게 상처 주는 사람들은 더 많은 부를 얻고 더 높은 자리에 오르며, 심지어 처벌받지 않고 잘 살아가는 것이냐고요. 우리는 이 세상을 살아가며 수많은 불공평함을 마주하게 됩니다. 부처님께서는 '업業, Karma'이라는 법칙을 가르치셨는데요, 선을 행한 자는 선한 과보를 받고, 악을 행한 자는 악한 과보를 받는다는 뜻입니다. 지금 당장은 부정한 방법으로 이득을 취하는 사람이 더 성공한 것처럼 보일지 몰라도, 그들이 지은 업은 결코 사라지지 않습니다. 설령 그들이 세상의 법망을 피해간다고 해도, 그들의 마음에는 늘 불안과 두려움이 깃들어 있을 것입니다. 그리고 언젠가는 그 업이 반드시 돌아오게 마련입니다.

진실을 따르는 삶이야말로 가장 자유롭고 평화로운 길입니다. 거짓과 부정이 만연한 세상에서도 자신의 마음이 어둠에 물들게 해서는 안 됩니다. 남이 악을 행한다고 해서 나까지 악을 행할 필요는 없습니다. 남이 거짓을 말한다고 해서 나까지 거짓을 말할 이유는 없습니다. 오직 나를 위해서 내 길을 바르게 가야 합니다.

가끔 진실을 말하고 바르게 사는 것이 어렵게 느껴질 수도 있습니다. 하지만 그것이야말로 우리를 자유롭게 하는 길입니다. 거짓 속에 사는 이들은 결국 불안과 공허 속에 갇히지만, 진실을 따르는 우리는 내면의 평화를 얻을 수 있습니다. 부처님께서도 '진실된 말이야말로 가장 아름다운 말'이라고 하셨습니다. 세상이 혼란스럽더라도, 우리는 진실된 마음을 지키며 살아가야 합니다. 남을 비난하고 낙담하기보다는, 제 삶을 더 진실하게 살아가세요. 진실한 삶을 사는 것은 단순한 도덕적 의무가 아니라, 우리의 삶이 너무나도 소중하고 감사하기 때문입니다. 그리고 그것이 우리가 더 행복해지기 위한 길이기도 합니다. 그러니 세상이 어지럽다고 하여 흔들리지 마십시오. 오직 자신의 길을 바르게 걸어가십시오. 결국 모든 것은 지나가지만, 진실된 삶에서 얻은 평온은 영원히 남을 것입니다. 진실하고 바르게, 그리고 평온하게. 🙏

〈법구경〉

常當惟念道 自强守正行, 健者得度世 吉祥無有上
상당유념도 자강수정행, 건자득도세 길상무유상

"항상 도를 생각하고 스스로 굳건히 행실을 바르게 하며
 건전한 자는 세상을 건너 최고의 길상을 얻는다."

진실을 따르는 것이 참된 행복과 선을 가져온다는 것을 잊지 마십시오.

사람들이 무심코 뱉는
욕설이 너무 싫습니다

"운전을 하다 보면 분노를 주체하지 못하고 창문을 내리고 쌍욕을 하는 사람들을 종종 봅니다. 그 정도 욕할 일도 아닌데 왜 그렇게 욕을 할까요?"

욕설은 단순한 말버릇이 아닙니다. 그 사람의 내면 상태를 비추는 거울과도 같습니다. 욕은 종종 감정 조절 능력이 부족할 때 튀어나옵니다. 욕설은 마음속에 쌓인 분노, 좌절, 불안 같은 감정들을 건강하게 다루는 방법을 배우지 못했을 때 즉각적이고 강렬한 표현 방식으로 터져 나오는 것입니다. 흔히 말하는 '분노조절장애'의 정확한 심리학적 용어는 '간헐적 폭발성 장애Intermittent explosive disorder, IED'라고 합니다. 단어가 설명하듯이 그냥 감정이 폭발하는 것입니다. 욕설 또한 감정을 폭발시키는 일종의 장애적 표현입니다. 어떤 사람들은 말합니다. "욕도 못 하고 어떻게 살 수 있나"고. 하지만 정작 그들도 타인에게 욕설을 들으면 견디기 힘들어 할 것입니다. 욕설은 말의 형식을 빌리고 있을 뿐, 결국 다른 형태의 폭력입니다. 그래서 폭언이라고 일컫기도 하지요. 인간은 다양한 방식으로 자신의 감정이나 의사를 전달할 수 있습니다. 그런데 굳이 욕설이라는 폭력적인 방법을 선택해야 할 이유는 없습니다.

사회적 압력이 높아지고, 인간관계가 거칠어질수록, 욕설은 일상의 언어로 퍼지기 쉽습니다. 가끔 청소년들이 공공장소에서 차마 입에 담기 힘든 욕설을 아무렇지 않게 감탄사로 사용하는 것을 들을 때가 있습니다. 그럴 때마다 그 청소년의 얼굴을 다시 보게 됩니다. 욕이 때로는 해학적으로 감정과 긴장의 해소 기능을 가질 수는 있지만, 본래 욕설은 타인에게 모욕적이고 불쾌감을 주기 위해 만들어진 언어라는 본질은 바뀔 수 없습니다. 그래서 작은 시비라도 욕이 오가게 되면 금세 큰 싸움으로 번지고 맙니다. 운전자들이 사소한 신경전을 하다 창문을 내리고 서로에게 던진 욕설 한 마디 때문에 목숨을 잃는 사고로 이어지기도 하는 것이지요.

통제되지 않은 채 터져 나온 욕설은 마치 폭탄과 같아서 뱉고 나면 그 이후의 상황은 통제할 수 없게 되는 게 다반사입니다. 인격이 형성되는 시기, 어른이 되는 과정에서 자신의 감정 표현을 정제하고 다듬는 방법을 배웠어야 했는데, 그 과정이 제대로 이루어지지 않아 마치 아무것도 모르고 감정에 따라 시도 때도 없이 울어대는 아기가 되어버린 것이지요. 무조건 화가 난다고 내뱉고 마니 몸만 컸지 성인이라 할 수 없습니다.

학문적 지식이 높고, 사회적으로 존경받는 위치에 있는 사람이라도 욕설을 한다면 인격은 바닥인 것입니다. 자신의 감정조차 통제하지 못하고 있다는 뜻이니까요. 성인 즉, 어른이 된다는 것은 감정을 무시하거나 억누르는 것이 아니라, 그것을 알아차리고 고요하게 건너가는 법을 배우는 것입니다. 그 과정을 통해 우리는 비로소 스스로를 존중하고, 세상을 부드럽게 대할 수 있는 사람이 되어갑니다. 우리는 항상 신중하게 말을 해야 합니다. 타인을 이해하고, 나 자신도 내면의 평화를 찾을 수 있는 방법을 모색해야 합니다. 진정한 평화는 말에서 비롯되는 것이 아니라, 마음에서 시작됨을 잊지 말고 고요하고 지혜롭게 감정을 다스리는 사람이 되시길 바랍니다. 🙏

〈법구경〉

常守愼言 以護瞋恚 除口惡言 誦習法言
상수신언 이호진에 제구악언 송습법언

"항상 그 말을 삼가고 지키며 성내는 마음을 잘 단속하라.
입으로 짓는 나쁜 말 없애고 항상 법의 말씀 외워 익혀라."

모든 것이 나에게 업으로 돌아온다는 것을 명심하십시오.

어린 자녀에게 이혼했다는 사실을 어떻게 말해야 할까요?

택시를 타고 이동하다 보면 기사님들의 다양한 이야기를 듣습니다. 딱 보기에도 스님이다 보니 고민 상담도 자주 있지요. 이날도 기사님이 조용히 가시나 했는데, 아들 때문에 속상하시다고 말문을 여시더라고요. 기사님의 아들이 이제 스물다섯 살인데 벌써 아버지가 되었다고 했어요. 한참 일하고, 공부하고, 하고 싶은 일을 펼칠 나이인데 애 아버지가 되었으니 부모 마음이 좋을 리가 없지요. 그런데 결혼하고 얼마 안 되어 이혼까지 하고 네 살배기 딸을 키우고 있다고 했어요. 일하랴, 아이 키우랴 온 가족이 애를 쓰고 있는데 최근에 아이가 엄마는 어디에 있냐고 묻더랍니다. 말문이 턱 막혀서 뭐라고 해야 할까 하다가 하늘나라에 갔다고 했는데, 아이가 크면 클수록 알게 되는 것도 많아질 텐데 거짓

말을 계속 하는 게 맞나 하는 생각이 든다고 했습니다.

 이혼 후, 자녀에게 부모가 더 이상 함께 살지 않는다는 사실을 전하는 일은 당연히 쉽지 않습니다. 부모의 관계가 끝났다는 사실이 어린아이에게 큰 충격이 될 수 있으며, 그 상처는 마음속 깊이 자리 잡을 수 있어요. 특히, 한쪽 부모가 다른 부모의 부재를 설명해야 하는 상황에서는 아이가 그 사실을 어떻게 받아들일지에 대한 걱정과 두려움이 함께 따릅니다. 부모의 이혼은 자녀에게 매우 큰 영향을 미칩니다. 아이는 부모가 함께 있을 때 안정감을 느끼고, 그 사랑 속에서 성장합니다. 그러나 부모가 떨어져 살게 되면, 아이는 그 사랑을 잃은 것처럼 느낄 수 있습니다. 하지만 중요한 것은, 아이에게 진실을 말하는 것입니다. 진실을 숨기면 아이는 더 큰 혼란과 불안을 겪을 수 있습니다. 부모가 이혼한 이유를 적절하게 설명해주되, 아이에게 '엄마가 없다'라는 사실을 부정적인 감정 없이 전달하는 것이 중요합니다.

 아이에게 엄마가 없다는 사실을 말할 때, 중요한 점은 아이에게 사랑의 메시지를 전하는 것입니다. '엄마가 지금은 함께 살지 않지만, 엄마는 여전히 너를 사랑한다'라는 점을 강조하는 것이죠. 아이는 부모의 사랑을 확신할 수 있어야 합니다. 엄마가 없는 대신, 아버지가 그 사랑을 충분히 채워줄 수 있다는 메시지를 전달하는 것이 중요합니다. 이 상황에서 부모가 해야 할 것은 '엄마(혹은 아빠)는 지금 다른 곳에 있지만, 너를 향한 엄마, 아빠의 사랑은 변하지 않는다'라고 말해주는 것이 가장 중요합니다. 그리고 엄마 아빠가 헤어진 것은 전적으로 엄마 아빠의 잘못이지 너의 탓이 아니라는 것도 함께 말해주세요. 그리고 꼭 '미안하다'는 표현과 함께 안아주세요. 아이는 부모가 자신을 얼마나 사랑하는지, 그리고 그 사랑이 여전히 변함없이 존재한다는 느낌을 받으면, 이혼에 대한 두려움과 불안이 줄어듭니다.

부처님 말씀에 부모가 자식을 사랑하는 데 있어서 부모의 사랑이 자식의 뼛속까지 새겨지게 하라는 말씀이 있습니다. 이 말은 부모의 여러 역할 가운데 '사랑'을 주는 것이 무엇보다 중요하다는 뜻입니다. 부모는 자녀에게 인생의 첫 번째 스승이며, 사랑을 알게 해주는 존재입니다. 따라서 부모가 서로 갈라지더라도, 어머니 아버지 중 한 사람이라도 자녀에게 부모의 사랑을 느낄 수 있도록 정성을 다한다면 아이는 바르게 자랄 수 있습니다. '카와이 섬 연구Kauai Study'에 따르면, 가난하거나 부모가 이혼했거나 알코올 중독 등의 환경에 처한 아이더라도 주변에 단 한 사람, 아이를 지지해주는 어른이 있다면 아이는 스스로 삶을 복원하고 성장할 수 있다고 합니다. 그러니 두려워 말고 진실을 숨기는 것보다 사랑을 어떻게 줄 것인지에 더 마음을 두시길 바랍니다.

다만, 아이에게 부모가 헤어진 이유를 설명할 때는 아이가 좋아하고 가장 편안하게 느끼는 분위기에서 감정을 부각하지 말고 사실만을 차분히 전달해야 합니다. "내가 너희 아빠(엄마) 때문에

죽겠다" "내 인생이 이렇게 된 건 다 ○○ 때문이다" 같은 한탄은
금물입니다. 이런 말들은 부모의 감정에 민감하게 반응하는 자녀
에게 큰 상처를 남길 수 있습니다. 아이에게는 마치 자신의 존재
가 부정당하는 것 같은 깊은 상실감을 안겨줄 수도 있습니다. 부
모의 갈등을 자녀에게 떠넘기는 것은 결국 아이의 마음에 더 큰
상처를 남기는 일입니다. 부모의 문제는 부모가 책임지고 해결해
야 할 일이지 자녀에게 그 짐을 나누어지게끔 해서는 안 됩니다.

아이에게 필요한 것은 오직 하나입니다. '나는 부모로부터 여
전히 사랑받고 있고, 보호받고 있다'는 그 확신이면 됩니다. 아이
의 마음에 이 확신을 심어주는 것, 그것이 부모로서의 가장 중요
한 의무임을 잊지 마십시오. 🙏

<장아함경>

慈愛入骨徹髓
자애입골철수

"부모의 자애로운 사랑이 뼛속까지 사무치도록 하라."

부모의 역할을 다 할 때 비로소 인간의 도리를 한 것임을 기억하십시오.

여자라고 무시하는 사람들
때문에 화가 납니다

"세상이 변했다고 하지만 아직도 남자가 여자보다 더 인정받는 세상입니다. 같은 경력이어도 남자가 월급을 더 많이 받고, 승진도 빠릅니다. 똑같이, 아니 더 일해도 여자니까 폄하 당하는 게 화가 납니다. 똑같은 밥을 먹고 똑같이 귀한 자식으로 자랐는데 왜 여자라서 손해 보고 살아야 할까요?"

최근에는 여성 혐오, 남성 혐오, 노인 혐오 등 다양한 형태의 혐오가 심각한 사회 문제로 대두되고 있지요. 우리는 왜 혐오하는 것이며, 혐오하는 사람들의 마음은 어떤 상태이고, 우리는 어떻게 혐오하지 않고 살아갈 수 있을까요? 혐오는 존재의 다양성과 차이를 수용하지 못하는 어리석음과 마음의 빈곤에서 생겨납니다.

나와 다른 대상을 이해하려는 노력이 결핍될 때, 차이를 위협으로 착각하고, 그 두려움을 숨기기 위해 허구의 우월성으로 공격하는 것입니다. 결국 혐오는 자신의 불안을 타인에게 투사하고, 그 투사를 정당화하려는 마음의 왜곡된 행동입니다. 예를 들어, 여성 혐오나 남성 혐오는 서로 다른 성별에 대한 불신과 오해에서 비롯되는데 '나와 다른 존재'를 두려워하거나 거부하는 마음이 혐오로 변하는 것이라 볼 수 있습니다. 또한, 노인 혐오는 세대 간의 차이나 나이에 대한 불안감에서 나올 수 있습니다.

혐오는 본래 우리가 서로 다르다는 점을 인정하지 않고, 그 차이를 부정적으로만 바라볼 때 생겨납니다. 차이를 인정하는 대신, 두려워하고 그것을 미워하는 것이죠. 불교의 가르침에서 가장 중요한 것 중 하나는 '화쟁和諍'입니다. 화쟁은 서로 다르지만, 연결되어 있고 함께 살아가야 하기에 그 차이를 인정하고 존중하여 균형을 유지하는 것을 말합니다. '화쟁사상'은 단순히 타인을 이해하는 것을 넘어, 서로 다른 점을 받아들이고, 서로 돕고 살아가는 방법을 제시합니다.

두 사람이 있었습니다. 한 사람은 키가 크고 힘이 셌고, 다른 한 사람은 키가 작고 몸집이 왜소했습니다. 그리고 무거운 상자가 있었습니다. 이들은 함께 담장 너머에서 경기를 보려 했지만, 키작은 사람은 담장 너머를 볼 수 없었고 상자를 가져올 힘도 없었습니다. 키 큰 사람은 키 작은 사람을 이해하지 못했습니다.

'왜 저 사람은 나처럼 보지 못하는 거지? 상자를 들고 오면 되지, 힘이 왜 없는 거야?'

키 작은 사람도 화가 났습니다.

'왜 나는 힘이 없고, 키가 작게 태어났을까? 왜 저 사람은 저렇게 쉽게 볼 수 있지?'

서로의 차이를 이해하지 못한 채, 둘은 서로를 탓하며 마음속에 미움을 키워갔습니다. 하지만 그때 한 사람이 말했습니다.

"우리 서로 다르지만, 이 경기를 함께 보고 싶잖아. 그러니까 방법을 찾아보자."

키 큰 사람은 자신의 힘을 이용해 키 작은 사람에게 상자를 건네주었고, 키 작은 사람은 그 배려에 진심으로 감사하며 상자에 올라서 함께 담장 너머 경기를 볼 수 있었습니다.

이 이야기가 말해주듯, 혐오는 서로의 다름을 인정하지 못하고, '왜 너는 나와 다르냐' '왜 너는 나보다 더 누리냐' '내가 불리하니까 모든 건 부당하다' 같은 마음으로 이어집니다. 하지만 다름을 인정하는 순간, "우리가 무엇을 함께할 수 있을까"를 고민하게 되면서 혐오는 자연스럽게 사라지고 이해와 배려가 자리 잡게 됩니다. 혐오는 어느 쪽에서도 정당화될 수 없습니다. 세상의 본질은 다름 속에 있으며, 그 다름이 세상을 더욱 풍요롭고 아름답게 만드는 것입니다. 다양성을 혐오하는 것은 결국, 존재 자체를 억압하고 부정하는 폭력이라는 사실을 알아야 합니다. 건강한 사회

공동체는 차이가 차별로 이어지지 않도록 주의해야 하며, 차이를 존중하는 '공정'이 '공평'이라는 그림자에 숨겨지지 않도록 해야 합니다. 아직 미비한 제도나 규칙의 불공정이 있으면, 분노나 혐오로 반응할 것이 아니라, 이성과 인내를 가지고 수정하고 개선해나가야 합니다. 혐오라는 분노로 '다름' 자체를 문제 삼는 것은, 결국 함께 살아가기를 거부하는 것과 같습니다.

우리가 살아가는 이 세상은 나와 다른 수많은 존재 덕분에 가능했습니다. 여성을 혐오하는 아들도 여성인 어머니의 뱃속에서 열 달 동안 보호받으며 자라났고, 어머니의 정성과 사랑으로 오늘의 자신이 존재하는 것입니다. 남성을 혐오하는 딸들의 경우도 이와 같을 것입니다. 차이를 인정하고, 배려하고, 감사하는 것. 그것이 바로 함께 살아가는 길이며, 혐오를 극복하는 유일한 방법입니다. 서로를 미워하지 마세요. 서로의 다름을 품어 안고 조율해가는 순간, 우리는 함께 담장 너머 세상을 볼 수 있을 것입니다. 🙏

3부

인생 아름답게
정리하기

돈을 안 버니까 가족들이
홀대하는 것 같습니다

정년퇴직을 하고 집에서 노년을 보내고 계신 분들이 이런 얘기를 합니다. "스님, 돈 벌 때는 자식들이 대접해주는 것 같았는데 은퇴하고 나니까 자식도, 세상도 저를 찾아주지 않습니다. 너무 서럽고 마음이 복잡합니다."

자식들이 안 찾아주는 거, 당연합니다. 우리가 어릴 때는 뭐 안 그랬나요. 한창 친구들과 어울리고, 세상 밖의 재미있는 것들을 찾아다닐 나이인데 뭐가 아쉬워서 나이 많은 사람이랑 놀려고 하겠습니까? 서운해하실 필요 없습니다. 은퇴를 앞두고 혹은 은퇴 후, 많은 사람이 겪는 감정 중 하나가 바로 '자아 상실'과 '사회적 고립'입니다. 사회에서 일을 하며 맡은 역할을 통해 내가 어떤 존재인지를 확인해왔던 사람일수록 갑작스레 사회에서 밀려나게 되면, 그 빈자리를 크게 느끼는 경향이 있습니다. 이제 더 이상 내가 속해 있던 조직이나 사회에서 중요한 역할을 맡지 않게 되면서, 이전에 느꼈던 존재감이 사라지고 그 자리가 공허하게 느껴지는 것이지요. 특히 자식들, 가족들, 혹은 친한 친구들이 그 빈자리를 채워주지 못할 때 서러움과 복잡한 감정을 느끼게 됩니다. 하지만 지금까지 가족을 위해 헌신하고, 사회의 경제적 주체로서 성실하게 살아온 시간 그 자체로 귀하고 자랑스러운 여정이었음을 스스로 인정하고 다음 세대를 위해 물러나야 합니다.

당신은 이제 더 이상 사회에서 일하는 사람이 아닙니다. 그러나 그것이 당신이 중요한 존재가 아니라는 뜻은 아닙니다. 이제 내가 나를 어떻게 정의하고, 내가 무엇을 위해 살아가는지를 다시 생각할 때입니다. 내가 세상에 무엇을 주고, 무엇을 나누며 살아가느냐가 나의 존재를 더욱 빛나게 할 것입니다. 과거의 자신을 놓지 못하고 예전의 사회적 지위로 불리기를 바란다면 오히려 공허함만 키울 것입니다. 이제는 달라진 환경 속에서 새로운 삶의 의미와 가치를 찾는 노력을 해야 합니다. 그리고, 다시 배움을 통해 자신을 성장시키는 기회로 삼아도 좋습니다. 연구에 따르면, 50대 이후 배움은 행복감을 높이고 지속시키는 데 매우 긍정적인 효과를 가져온다고 합니다. 봉사활동이나 신앙에 더 집중하는 것도 좋은 방법입니다. 자신이 믿는 신에게 기도하고, 마음을 닦으며, 더 많은 자비와 사랑을 나누는 삶을 살아보세요. 지금까지와는 다른 더 큰 평안을 가져다줄 것입니다.

이제 과거의 역할과 책임이라는 옷을 벗고, 있는 그대로의 '나'로서 세상을 다시 세상을 만나러 가는 시간이 왔습니다. 처음에는 마음이 서글프고 힘들 수 있습니다. 익숙하지 않은 세상으로 나아갈 때 주변 사람들에게 기대고도 싶고 가족에게 응원받고 싶은 마음이 있을 수도 있습니다. 그러나 나의 가치를 자식이나 친구를 통해 찾으려고 해서는 안 됩니다. 다른 사람의 힘과 응원을 통해서 내 존재 가치를 확인하려고 하면 그것은 결국 외부에 의존하게 되는 것입니다. 물론 가족, 특히 자식에게 응원과 인정을 받는 기쁨은 무엇과도 바꿀 수 없는 소중한 감정일 것입니다. 긴 세월 헌신했는데 그 정도도 못 바라나, 하는 생각이 들 수도 있습니다만 그것이 내가 나아가는 동력의 필수 조건인 것처럼 바라고 강요하지 않아야 합니다.

이 세상에는 자식뿐만 아니라 나의 사랑과 관심을 나눌 수 있는 사람들이 많습니다. 자신의 가치를 한정하지 마세요. 그리고 사랑을 나누는 삶을 살도록 하세요. 그러면 더 많은 사람들에게 인정받고, 그 사랑은 돌아서 나에게도 큰 기쁨이 되어 돌아올 것입니다. 여러분의 새로운 가치를 곧 발견하시길 바랍니다. 🙏

은퇴 후
어떻게 살아야 할까요?

인생의 한 챕터가 끝나고 새로운 장이 열릴 때 우리는 다시금 삶의 의미를 묻게 됩니다. 내 인생에 남은 건 무엇인지, 나는 어떤 사람인지, 앞으로 무엇을 하고 살아야 할지 답을 구하는 시간을 가지지요. 인생의 새로운 시즌이 열리는 때이기도 한 이때는 대체로 '은퇴'라는 사회적 분리를 계기로 시작되곤 합니다. 인생의 새로운 시즌을 맞이한다는 설렘보다는 공허함과 불안함에 스트레스를 느끼지요. 우리는 은퇴를 어떻게 받아들여야 할까요? 그리고 은퇴 후 우리는 어떤 마음가짐으로, 어떻게 살아야 후회 없는 삶을 살 수 있을까요?

평생 일을 하며 살던 사람에게 은퇴란 가장 친했던 친구로부터

'이제 우리 그만 친구하자' 같은 절교 선언처럼 느껴질 것입니다. 인생의 대부분의 시간을 보내고, 희로애락을 같이 했던 친구와 이제 다시 볼 일이 없어진다니 세상이 끝나는 느낌이 드는 것은 당연하지요. 하지만 우리의 삶은 계속해서 흐릅니다. 은퇴는 인생이란 큰 흐름 속에서 짧은 한 과정일 뿐임을 기억해야 합니다. 이미 지나간 시간에 집착하는 것은 미래를 사는 데 아무런 도움이 되지 않습니다. 지나간 때는 지나간 때로 두고, 이제 내면을 돌아보고 세상과 더 깊이 연결될 수 있는 인생으로 나아가야 합니다. 인생의 새로운 출발점에 섰다고 생각하세요. 앞으로 남은 시간을 어떻게 의미 있게 채울 것인지에 대한 질문은 결국 우리가 어떻게 살아왔고, 어떻게 살아갈 것인지에 대한 성찰로 이어집니다.

은퇴의 다른 의미는 나 자신을 위한 시간이 주어진다는 의미입니다. 그동안 놓쳤던 것들을 다시금 돌아볼 수 있는 기회이며, 지금부터 어떻게 살아가느냐에 따라 삶의 질은 달라질 수 있습니다. 은퇴 후 삶을 풍요롭게 만들기 위해서는 몇 가지 중요한 태도가 필요합니다. 배움은 평생 지속되어야 합니다. 새로운 취미를 배우고, 책을 읽으며 낯선 지식을 깊고 넓게 쌓는 것이 중요합니다. 〈반야심경〉에서는 끊임없이 지혜를 닦으면 두려울 것이 없다고 했습니다. 배움이 있는 삶은 활력이 넘치고, 새로운 목표를 향해 나아갈 수 있는 힘이 됩니다. 또한 나와 가족을 위해 평생을 헌신했다면, 이제 남을 이롭게 할 타이밍입니다. 어려운 처지에 놓인 사람들을 위해 봉사활동을 하거나 후배들에게 자신의 경험을 나누는 것은 의미 있는 삶의 한 형태가 될 수 있습니다. 오랜 경험을 통해 얻은 지혜를 사회와 공유할 때, 우리는 더욱 성숙한 존재가 되며, 남을 이롭게 하는 행동을 통해 결국 내 삶도 밝아집니다. 그리고 마음을 다스리는 것을 게을리 하지 마세요. 명상과 수행은 마음을 다스리기 위한 가장 좋은 방법입니다. 지나온 삶에 대한 후회나 미래에 대한 불안을 내려놓고, 현재를 충실히 살아간다면 진정한 행복을 찾을 수 있을 뿐더러 다음 세대의 사람들에게도 좋은 귀감이 될 수 있을 것입니다.

나이가 든다고 해서 저절로 지혜로워지는 것은 아닙니다. 진정한 어른은 자신의 삶을 통해 젊은이들에게 본보기가 되는 사람입니다. 그러기 위해서는 다음과 같은 태도가 필요합니다. 나이가 들었다고 해서 젊은이들에게 가르치려 들기보다, 그들의 생각을 존중하고 경청하는 자세가 필요합니다.

인생에는 어려움이 따르기 마련입니다. 하지만 어떻게 극복하느냐가 더 중요합니다. 젊은이들에게 가장 큰 가르침은 말이 아니라 행동입니다. 성숙한 어른은 말로 훈계하지 않고, 삶으로 본보기를 보여줍니다. 은퇴 후에도 적극적으로 삶을 살아가는 모습을 보일 때, 자연스럽게 존경을 받게 될 것입니다. 참된 삶은 나이를 초월하여 계속됩니다. 지금까지 달려온 길을 돌아보며 감사하고, 앞으로 나아갈 길을 지혜롭게 선택하며, 남은 인생을 빛나게 만들어 가시길 바랍니다. 🙏

어떻게 늙는 것이
잘 늙는 것일까요?

나이를 먹는다는 것은 자연의 섭리입니다. 우리는 누구나 하루 하루 늙어가며, 결국에는 노년을 맞이하게 됩니다. 하지만 늙는다고 해서 모두가 지혜롭고 성숙한 삶을 사는 것은 아닙니다. 어떤 이는 나이가 들수록 성숙해지고 평온해지지만, 어떤 이는 불만과 후회 속에서 늙어갑니다. 그렇다면 우리는 어떻게 늙는 것이 잘 늙는 것일까요? 부처님께서는 나이가 많아도 지혜롭지 않으면 헛되이 늙은 것이요, 마음이 맑고 깨달음이 있으면 그 나이가 참된 것이라고 하셨습니다. 나이를 먹는 것은 피할 수 없지만, 어떻게 늙을 것인지는 우리 스스로 선택할 수 있습니다. 삶을 원망하며 늙을 것인지, 감사하며 성숙해질 것인지 그것은 우리의 태도에 달려 있습니다.

사람들은 나이가 들면 자연스럽게 성숙해진다고 생각하지만, 성숙은 저절로 이루어지는 것이 아닙니다. 성숙한 노년이란, 인생의 고난과 기쁨을 경험한 뒤에도 흔들리지 않는 평온한 마음을 가지는 것입니다. 성숙한 노년은 인연에 따라 삶을 있는 그대로 받아들이는 태도에서 시작됩니다. 후회나 집착에 얽매이지 않고, 지나온 시간을 인정하며 앞으로 나아가는 것이 중요합니다. 더이상 일할 필요도 없고, 자식들도 독립하여 세상과 멀어지는 듯한 기분이 든다면 새로운 인생을 개척할 수 있는 적절한 시기입니다. 노년이야말로 자신의 삶에 의미를 찾고, 더욱 깊은 깨달음을 얻을 수 있는 시기임을 기억하세요.

"삶은 휩쓸려가고 인생은 짧다. 늙음에 다다른 이에게
피난처가 없네. 죽음의 두려움을 알아차리고
행복으로 이끄는 선을 행하세."

— 〈앙굿따라니가야〉

노년을 의미 있게 보내는 방법 중 하나는 남에게 베풀고 나누는 '보시布施'를 실천하는 것입니다. 보시란 반드시 물질적인 것만을 의미하지 않습니다. 불교에서는 재물을 나누는 것이 아니더라도 실천할 수 있는 일곱 가지 보시를 가르칩니다.

첫째, 부드럽고 편안한 눈빛으로 사람을 대하라.

둘째, 자비롭고 미소 띤 얼굴로 사람을 맞이하라.

셋째, 아름다운 말로 존중하듯 상대를 대하라.

넷째, 마음으로 공감하고 위로하라.

다섯째, 몸으로 봉사하고 도움을 주어라.

여섯째, 도움이 필요한 이들에게 자리를 양보하라.

일곱째, 재난을 당하거나 쉴 곳이 필요한 이에게 자신의 집을 내어 함께 머무르게 하라.

젊은 세대에게 인생 경험을 나누거나, 봉사활동을 통해 사회에 기여하는 것도 소중한 보시가 됩니다. 물질뿐만 아니라, 따뜻한 말과 행동, 그리고 진심 어린 마음 씀씀이도 모두 가치 있는 보시입니다. 그리고 무엇보다 중요한 것은, 스스로를 돌보는 일입니다. 젊은 시절 가족과 사회를 위해 헌신했다면, 노년에는 가족에게 지나치게 의존하지 않을 만큼 자신의 건강을 지키고, 긍정적인 생각을 하며 자신의 삶을 소중히 여겨야 합니다.

나이가 들수록 우리는 자연스럽게 많은 것을 잃게 됩니다. 젊음, 건강, 가까운 사람들 그리고 익숙했던 환경까지 변하게 됩니다. 이러한 변화 앞에서 괴로움에 빠지지 않으려면 내려놓는 연습도 필요합니다. 집착을 내려놓고, 있는 그대로를 받아들이는 지혜가 노년을 평화롭게 합니다.

자녀들에게 과도한 기대를 하거나, 과거의 영광에 머무르려 하지 말고 잃어버린 것에 대한 후회에 사로잡히지 않도록 하세요. 대신, 현재 남아 있는 것들에 감사하는 태도를 가져야 합니다. 건강이 허락하는 한 움직이고, 주변 사람들에게 따뜻한 마음을 전하며, 하루하루를 소중하게 살아가는 것이 집착을 내려놓는 방법입니다.

　잘 늙는다는 것은 단순히 오래 사는 것이 아니라, 어떻게 성숙해지느냐의 문제입니다. 나이를 먹으면서 성숙해지고, 남에게 베풀며 현재에 감사하며 살아가는 것이 중요합니다. 세월은 흐르지만, 마음이 지혜로우면 그것이 곧 젊음입니다. 마음에는 늙음도 젊음도 없습니다. 항상 새내기입니다. 늙음을 두려워하지 말고, 오히려 삶의 깊이를 더할 수 있는 기회로 삼으시길 바랍니다. 그리고 하루하루를 더욱 의미 있게 채우며, 평온하고 따뜻한 노년을 맞이하시길 바랍니다. 🙏

<법구경>

千千爲敵 百戰百勝 不如自勝 自勝者 常勝之中最上勝也
천천위적 백전백승 불여자승 자승자 상승지중최상승야

"수천 명을 적으로 삼아 백 번 싸워 백 번 이긴다 해도,
 자기 자신을 이기는 것만 못하다.
 자신을 이기는 사람이 모든 승리 중에서
 가장 으뜸가는 승리자이다."

말로만이 아니라, 실천과 자세로 덕을 드러내는 것이 중요함을
기억하세요.

후회하는 삶을
살고 싶지 않다면

살아가면서 후회하는 순간이 참 많습니다. 그때 그 선택을 하지 말았어야 했다고 생각하거나, 그 말은 하지말걸 하고 자책할 때도 있죠. 최근에 강의를 들으러 갔다가 옆자리에 앉은 한 중년의 신사분이 정말 열심히 살았는데, 좋았던 것보다는 못한 것, 속상했던 일이 그렇게 생각난다고 했습니다. 인생에 후회만 남았다고요. 인간은 왜 후회를 하는 걸까요?

후회는 나만의 감정이 아니라 모든 사람이 공통적으로 겪는 메타인지 능력에서 비롯된 감정입니다. 과거를 돌아보고, 그때의 나와 지금의 나를 비교하며 '왜 그때 그렇게 했을까?'라고 자문하는 것이 바로 후회이지요. 후회 덕분에 우리는 실수를 반복하지 않도록 더 노력하고, 더 나은 결정을 내리기 위해 생각할 수 있습니다. 그리고 후회는 삶에서 놓친 기회나 실수한 순간을 돌아보게 해줍니다. 성장하게 하지요. 그렇기에 후회를 단순히 아쉬운 마음이나 슬픔으로만 남겨두지 않아야 합니다. 내가 더 나은 삶을 살기 위해 무엇을 해야 할지 고민해보는 과정으로 발전시켜야 합니다. 사랑하는 사람과 더 많은 시간을 갖지 못한 것이 후회라면, 후회를 통해 그 사람과의 관계를 더욱 소중히 여기고, 노력해 나의 행동을 바꾸는 것입니다. 반면 후회에 매여 더 이상 나아가지 않는다면, 그 후회는 고통으로만 남을 뿐입니다.

불교에서는 '지금 이 순간'을 중요하게 생각합니다. 과거는 이미 지나간 것이고, 미래는 아직 오지 않은 것입니다. 중요한 것은 바로 지금, 이 순간 '내가 무엇을 할 수 있는지'입니다. 후회라는 감정은 지나간 일을 되돌릴 수 없다는 사실을 일깨워주지만, 그것을 통해 우리는 현재와 미래를 더 잘 살 수 있는 길을 찾을 수 있습니다. 만약 후회가 걷잡을 수 없는 슬픔이나 우울, 좌절의 감정 등으로 나타난다면 '지금'에 있지 못한 채 방황하고 있다는 증거입니다. 그리고 지금 무엇을 해야 할지 모르고, 행동으로 실천하지 못할 때 '핑계'가 '후회'라는 감정의 가면을 쓰고 나타납니다. 한 40대 가장이 자신을 보러온 부인과 아이들을 회사 일로 짜증내며 돌려보낸 것을 후회하며, 자책하는 전화를 해왔습니다.

"스님, 전 왜 이러는지 모르겠습니다. 안 그래야지 하면서도 회사 일 때문에 생긴 감정을 아이들에게 풀고 있습니다. 전 정말 언제 어른이 될까요? 너무 우울합니다."

진심으로 후회하고 있는 모습 같지만, 엄밀히 말하면 과거와 미래에 묶여 있는 상태입니다. 지금에 머물러 있다면 아이들이 좋아할 음식이 무엇인지, 어떻게 가족을 웃게 할 수 있을지에 대한 방법을 찾는 데 마음을 다할 텐데 이 사람은 자신이 잘못했다는 후회만 늘어놓고 자책만 하고 있습니다. 자신을 강하게 비난한다고 해서 내 잘못이 바뀌지 않습니다. 그냥 자신의 감정에 취해 있을 뿐이지요. 후회되는 행동을 했다면 그 상황에서 빨리 빠져나와 좋은 행동을 찾아야 합니다.

불교에 '역행보살逆行菩薩'이라는 분이 있습니다. 그분은 중생들에게 일부러 잘못된 행동을 보여주어 그렇게 하면 안 된다는 것을 몸소 알려주시는 분입니다. 후회는 자신을 더 나은 사람으로 성장시키는 역행보살일 수 있습니다. 지나간 것은 지나간 대로 흘려보내고, 변화된 행동을 실천할 때 앞으로 나아갈 수 있다는 것을 기억하세요.

후회는 내가 더 나은 사람으로 성장할 수 있도록 도와주는 중요한 스승입니다. 후회를 부정적으로만 바라보지 말고 그 안에 담긴 가르침을 받아들여 보세요. 후회가 주는 교훈을 마음에 새기고 더 나은 내일을 위해 오늘을 충실히 살아가시길 바랍니다. 🙏

〈중아함경〉

莫念過去, 亦勿願未來
過去事已滅, 未來復未至
막념과거, 역물원미래
과거사이미멸, 미래복미지

"부디 과거를 생각지 말고, 또한 미래를 바라지도 말라.
 과거의 일은 이미 사라졌고, 미래는 아직 이르지
 않았느니라."

후회로 인해 과거에 얽매이거나, 미래의 일로 인해 걱정하거나
희망에 휘둘리지 말고, 오직 현재의 순간에 집중하며 살 것을 권합니다.

죽음을 앞두고 인생을
어떻게 정리해야 할까요?

　죽음을 앞둔 순간이 오면 후회와 아쉬움 그리고 두려움을 안고 죽음을 바라봅니다. 누구나에게 닥칠 죽음이 현실로 다가오면 우리는 어떤 마음으로 생을 정리해야 할까요?

　죽음을 앞두면 '그때 그러지 말걸' '이 말을 해줄걸' '이렇게 살걸' 같은 후회와 '더 사랑하지 못했다' '더 베풀지 못했다' '더 많은 것을 해보지 못했다' 등 이루지 못한 일들만 떠올리는 경우가 많습니다. 하지만 후회 속에 머물러 있으면 마지막 순간을 평온하게 맞이하기 어렵습니다. 인생의 수많은 순간들을 가장 잘 정리할 수 있는 방법은 지금까지 살아온 삶을 돌아보며 감사한 순간들을 떠올려 보는 일입니다. 나를 사랑해준 가족, 친구, 나를 도와준 사람들 그리고 내가 남긴 작은 흔적들까지 나와 함께하면서 웃고 이 세상을 행복으로 채워준 존재들에게 감사한 마음을 전하는 것입니다. 그렇게 고마웠던 일들을 떠올리다 보면 죽음을 앞둔 마음은 한층 가벼워질 것입니다.

그리고 스스로를 "잘 살았어, 괜찮아. 힘들었어도 이렇게 왔잖아. 수고했어"라고 다독일 수 있어야 합니다. 죽음은 내가 살아온 삶의 다른 이름일 뿐입니다. 삶을 돌아보면 아쉬움이 있기 마련입니다. 시한부 선고를 받은 분들이 대체로 후회하는 것이 '그때 내가 왜 그리 쓸데없이 고민 하느라 시간을 낭비 했을까?'입니다. 과거를 후회하느라 지금 주어진 시간을 허비해서는 안 됩니다. 혹시라도 마음속에 남아 있는 미안한 감정이 있다면, 지금 정리하는 것이 좋습니다.

마음속에 남아 있는 누군가에게 "미안했다, 그땐 나도 참 어리석었어"라고 말하는 것은 자신을 향한 화해입니다. 직접 용서를 구할 수 없는 경우에는 기도로써라도 마음을 전합니다. 어리석은 자는 원망을 품고, 지혜로운 자는 용서를 구한다고 했습니다. 우리는 누구나 완벽할 수 없으며, 삶 속에서 실수하고 아쉬움을 남기기 마련입니다. 자신이 잘못한 일에 대해 용서를 구하고, 자신에 대한 용서도 함께 구합니다. 자신을 용서하고 받아들이는 것이야말로 마지막 순간을 가장 평온하게 맞이하는 방법입니다.

죽음을 앞두고 많은 분들이 마지막 말인 유언을 남깁니다. 유언은 단순히 재산을 정리하는 일이 아닙니다. 불교적으로 볼 때, 유언은 자신이 살아온 삶의 가치와 마음을 담아 후손들에게 남기는 말인 동시에 다음 생을 향한 마음가짐입니다. 그렇다면 어떤 내용을 담으면 좋을까요? 먼저 가족, 친구, 스승, 인연이 된 모든 이들에게 감사를 전하십시오. '너를 만나서 참 고마웠다' '네가 있음으로 내 인생이 빛났다'라는 말을 남기는 것이 중요합니다. 그리고 진심 어린 사과를 남기세요. 혹시라도 마음에 걸리는 일이 있다면 솔직한 마음으로 사과를 남깁니다. 살아 있을 때 직접 말하는 것이 가장 좋지만, 편지나 기도를 통해서 전하는 것도 충분합니다.

마지막으로 다음 생을 위한 나의 다짐을 남기세요. 불교에서는 죽음이 끝이 아니며, 다음 생이 이어진다고 봅니다. '다음 생에서는 더욱 선한 삶을 살겠다'는 다짐을 유언에 담으면, 그것이 하나의 발원, 즉 서원誓願이 될 수 있습니다. 그리고 이 발원은 죽음을 넘어 다음 삶을 밝혀주는 등불이 될 것입니다.

곧 눈 감는 순간을 맞이한다면 남은 시간 동안 가족들과 좋은 기억을 남기는 것이 중요합니다. 걱정보다는 감사와 사랑을 나누고, "고마웠다"고 마음을 전해야 합니다. 그리고 선행을 베푸는 것도 좋은 방법입니다. 긴 인생을 살다 눈을 감는 마지막 순간에 나누고 베푸는 것은 인생에 아름다운 마침표를 찍을 수 있는 방법입니다. 재산의 일부를 기부하거나, 남은 사람들에게 좋은 가르침을 남기는 것도 의미 있는 일입니다.

죽음을 앞둔 순간, 우리는 많은 생각을 하게 됩니다. 하지만 중요한 것은 후회가 아니라, 마지막까지 어떻게 의미 있는 삶을 사느냐입니다. 죽음을 두려워하지 말고, 오히려 감사와 사랑으로 마지막을 채우십시오. 삶은 한순간이지만, 그 순간의 마음가짐이 영원을 만든다고 했습니다. 또 다른 여정을 위한 시작을 온전히 받아들이고, 남은 시간 동안 가장 따뜻한 말로 스스로에게 속삭여 주세요.

"나는 충분히 사랑했고, 충분히 아팠고, 충분이 살아냈다." 그리고 "애썼다"고요. 🙏

치매에 걸려 기억을 잃으면
인생도 사라지는 걸까요?

오랜만에 절에 방문한 신도분에게 인사를 드렸더니, 어머니가 치매로 이제 바깥 생활을 하기 어렵다고 했습니다. 항상 어머니와 함께 절에 오셔서 산책도 하고, 차도 나누고 했던 모습이 선한데 안타까운 마음이 들었습니다. 따님은 그 전처럼 일상을 함께하지 못하는 것보다 딸의 존재도 모르는 어머니 때문에 가슴이 아프다고 했습니다. 그분은 어머니의 세계에 자신이 존재하지 않는 것을 알고 큰 충격에 빠져 저에게 물었습니다. "스님, 기억을 잃는다는 건, 그 사람의 인생이 사라지는 걸까요?"

사람들은 나이가 들면서 자연스레 치매에 대한 두려움을 갖게 됩니다. 기억을 잃는다는 것은 곧 나 자신이 사라지는 것과 같다고 생각하기 때문입니다. 가족을 알아보지 못하고, 내가 누구인지 조차 기억하지 못하는 상태를 떠올리면 슬픔과 두려움이 엄습합니다. 하지만 불교에서는 '기억'이라는 것이 단순히 뇌가 아니라, 더 깊은 곳에 자리한 제7식인 '말라야식'과 제8식인 '아뢰야식'에 저장된다고 합니다. 말라야식과 아뢰야식은 심층 무의식으로, 우리 마음속의 습관적인 고집과 모든 경험, 기억이 저장되는 창고를 뜻합니다. '나'라는 모든 것이 무의식적으로 저장되기 때문에 기억 하나가 흐려진다고 해서 그 사람이 걸어온 인생 자체가 사라지는 것은 아닌 것입니다. 또한, 불교에서는 인연을 중요하게 여깁니다. 우리는 살면서 수많은 존재와 인연을 맺고 살아갑니다. 그 때문에 비록 치매로 인해 과거의 일을 떠올릴 수 없더라도 인연되어 맺어진 가족과 주변인들의 기억은 마음속에 살아 있는 것입니다.

"모든 것은 마음에서 비롯된다.
마음이 악하면 괴로움이 따르고, 마음이 선하면
행복이 따른다. 수레바퀴가 소의 발자국을 따르듯
업은 반드시 그 사람을 따른다."

— 〈법구경〉

기억이 사라져도 그동안 쌓아온 따뜻한 말과 행동, 사랑은 사라지지 않습니다. 가족과 함께했던 순간, 남에게 베푼 작은 친절, 정성껏 살아온 삶이 그대로 이어지는 것이지요. 우리는 늘 변하는 존재이며, 그 흐름 속에서 살아갑니다. 치매를 두려워할 것이 아니라 오히려 지금을 더 충실히 살아가는 것에 집중해야 합니다.

치매를 예방하고 건강한 삶을 유지하는 방법은 결국 현재에 집중하는 것입니다. 과거의 후회나 미래의 불안을 줄이고, 현재를 선명하게 살아가야 합니다. 불교에서 "현재를 사는 자, 두려움이 없고, 과거와 미래에 머무는 자, 번뇌에 빠진다"고 했습니다. 늘 새로운 것을 배우고 경험하는 것은 뇌를 건강하게 할 뿐만 아니라, 우리의 삶을 더 풍요롭게 만들어주므로 무엇이든 고집부리지 않고 받아들이는 것에 망설임이 없어야 합니다.

새로운 책을 읽고, 사람들과 끊임없이 대화하며, 지금을 소중히 여기는 태도가 치매를 예방하는 가장 좋은 방법입니다. 뇌에는 신경가소성이라는 특성이 있습니다. 뇌는 죽는 순간까지도 우리가 생각하는 방향으로 신경계가 새롭게 생성되고 연결됩니다. 따라서 평소에도 고민이나 근심에 머무르지 않고, 새로운 배움과 경험을 통해 신경회로를 끊임없이 만들어가는 것이 중요합니다.

주변에 치매에 걸린 부모님을 돌보는 분이 많습니다. 기억을 잃어가는 부모님을 바라보며, '이제 더 이상 나를 기억하지 못하시는 구나' 하고 슬픔에 젖을 때도 있습니다. 하지만 기억보다 더 깊고 소중한 것은 마음입니다. 마음이 맑은 사람은 어디에 있든 그 향기를 퍼뜨립니다. 치매로 기억을 잃어가더라도, 그분이 살아온 사랑과 따뜻함은 결코 사라지지 않습니다. 과거를 붙잡으려 애쓰기보다는, 지금 함께하는 순간 속에서 그 사랑을 다시 느끼는 것이 무엇보다 중요합니다.

그리고 이제부터는 부모님이 기억하지 못하는 것을 내가 대신 기억하면 됩니다. 부모님의 마음을, 그 따뜻했던 눈빛과 손길을, 자식인 내가 대신 품고 지켜드리는 것입니다. 부모님은 잊어도 나는 기억하고, 그 기억을 사랑으로 되새기며 부모님의 마음이 되어드리는 것입니다. 치매에 걸린 부모님을 대할 때도, '예전과 달라졌다'는 아쉬움 대신 '이제 내가 당신의 마음을 지켜드릴게요'라고 다짐하며 바라보십시오. 기억이 사라져도 사랑은 남고, 손을 맞잡았던 그 온기 또한 변하지 않습니다.

우리 모두는 언젠가 기억을 잃고 몸이 약해지는 과정을 겪게 됩니다. 중요한 것은 얼마나 기억하고 있느냐가 아니라, 어떤 마음으로 살아왔는가입니다. 치매를 두려워하기보다 지금 이 순간을 조금 더 따뜻하게, 조금 더 깊은 사랑으로 살아가길 바랍니다. 기억보다 더 소중한 것은 마음입니다. 오늘 하루, 사랑하는 부모님께 다정한 눈길을 보내고 따뜻한 손길로 함께하는 순간을 소중히 품어보십시오. 만일 가까운 분이 치매에 걸려 나를 기억하지 못한다고 해도 이렇게 말했으면 합니다.

"이제 제가 당신의 기억을 대신 간직하며 살아가겠습니다. 사랑합니다." 🙏

초라하게 고독사할까
두렵습니다

　같은 죽음이라도, 가족의 품에서 마지막 숨을 거두는 것과 모두에게 잊힌 채 홀로 생을 마감하는 것은 마음에 다르게 다가옵니다. 혼자 살아가는 이들은 문득 삶의 끝을 상상할 때, 알 수 없는 두려움을 느낀 적이 있을 것입니다.

'혹시 아무도 모르는 사이, 초라하게 사라지게 되진 않을까?'
'내가 떠난 뒤, 오랜 시간이 지나서야 누군가 나를 발견하게 된
　다면?'

　이런 생각들은 마음 한구석을 서늘하게 하고, 외로움이라는 그림자를 더욱 짙게 드리우게 합니다. 하지만 생각해보면, 사람은

누구나 혼자 태어나고 혼자 떠납니다. 아무리 많은 사랑과 존경을 받고 살았다고 하더라도 죽음이라는 마지막 문턱은 홀로 넘어야 합니다. 그렇기에 홀로 죽음을 맞이한다고 해서 외로워할 필요도, 두려워할 필요도 없습니다. 우리가 걸어온 삶의 발자국 그리고 쌓아온 인연과 사랑은 우리를 결코 혼자 남겨 두지 않기 때문입니다. 혼자 살아가더라도 우리의 삶은 수많은 만남과 따스한 기억으로 단단히 엮여 있습니다.

예전에 매일 절에 봉사하러 오시던, 어르신 한 분이 계셨습니다. 홀로 사시는 분이라 하루라도 절 마당에 모습을 보이지 않으면, 모두가 걱정하며 전화를 드리곤 했습니다. 그 어르신은 사찰에 당신의 집 주소와 전화번호도 남겨놓으셨고, 언젠가 올 마지막 순간을 위해 장례와 49재까지 미리 절에 부탁을 해놓으셨거든요. 이처럼 세상과의 관계를 끊임없이 연결하고 사람들과 교류하기 위해 노력해야 합니다. 그 어떤 것도 저절로 이루어지는 일은 없습니다. 많은 이들이 '혼자'라는 말에 외로움을 떠올립니다. 그러나 진정한 외로움은 곁에 사람이 없어서가 아니라, 세상과 이어진 끈이 느슨해졌을 때 시작됩니다.

홀로 맞는 죽음을 두려워하는 것은 어쩌면 죽음 그 자체가 아니라, 살아가는 동안 느꼈던 외로움의 그림자 때문일지도 모릅니다. 외로움은 죽음 앞에서 걱정할 일이 아니라 살아 있는 지금, 어떻게 줄여 나갈지 고민해야 할 문제입니다. 가족이 없다고, 혼자가 아닙니다. 우리 삶 속에 작게라도 깃든 모든 인연이 바로 나의 작은 세상입니다. 봉사활동을 하거나 취미를 함께 나누거나 종교 공동체에 몸을 맡기는 것도 좋습니다. 타인과 관계를 맺을 때, '무엇을 받을까'를 바라보기보다는 '무엇을 나눌 수 있을까'를 먼저 떠올려 보아야 합니다. 또한, 세상과의 인연을 넘어 스스로와도 단단히 손을 잡아야 합니다. 명상과 수행으로 자신을 깊이 만나고, 내면의 불빛을 다시 밝혀야 합니다. 그 불빛이 외로움의 긴 밤을 비추어줄 것입니다.

> "연기법은 소위 이것이 있으므로 저것이 있고,
> 이것이 일어날 때 저것이 일어난다.
> 이것이 없으므로 저것이 없고,
> 이것이 소멸하므로 저것이 소멸한다."
>
> — 〈잡아함경〉

　누구나 결국은 떠나야 합니다. 하지만 우리가 죽음을 두려워하는 것은 '혼자'이기 때문이 아니라, 살아 있는 동안 충분히 사랑하고 사랑받지 못했다고 느끼기 때문일지도 모릅니다. 그러니 숨 쉬는 이 순간, 사랑하는 이에게 마음을 전하세요. 고맙다는 말, 사랑한다는 말을 아끼지 말고, 매일매일 작은 기록을 남기세요. 사진 한 장, 짧은 글귀 하나에도 당신의 삶과 사랑은 고스란히 남아 있을 것입니다.

당신이 걸어온 모든 시간, 당신이 나눈 모든 사랑과 인연이 마지막 순간까지 조용히 그러나 든든히 당신 곁을 지킬 것입니다. 그러니 오늘, 따뜻한 눈길 하나, 다정한 말 한마디 먼저 건네며, 세상에 손 내밀고 하루를 충실히 살아가세요. 내가 살아오며 맺은 모든 인연이, 지금 이 순간에도 나와 함께하고 있음을 잊지 마십시오. 🙏

부모님 없이
살 수 있을까요?

부모님은 우리 삶의 가장 큰 버팀목이자, 세상 그 누구보다 따뜻한 햇살 같은 존재입니다. 그러나 아무 조건 없이 우리를 품어주던 사랑과 언제나 뒤에서 묵묵히 지켜보며 힘이 되어주던 그 존재를 어릴 때는 알기 힘듭니다. 부모님은 우리를 낳고, 키우시며 행여 아프기라도 하면 밤을 지새워 우리 곁을 지키셨고, 우리에게 어려움이 닥치면 자신의 희생쯤이야 아무렇지도 않은 듯 몸과 마음을 던져 우리를 어려움에서 구해주셨습니다. 하지만 애석하게도 당연하게만 느껴졌던 부모님의 사랑이 세상의 어떤 것과도 바꿀 수 없는 것이었음을 알게 되었을 때 우리는 깨닫게 됩니다. 부모님의 세월은 우리를 기다려주지 않는다는 것을요.

사는 것이 바빠서, 먹고 사느라, 성공한 삶을 살기 위해서 등 나를 위한 삶에 집중하느라 부모님의 시간이 빠르게 흐르는 줄도 모릅니다. "나중에" "다음에"를 입에 달고 살며 부모님의 존재를 등한시합니다. 어쩌면 이런 미안함과 부끄러움이 부모님과의 이별을 받아들이기 힘들게 하는지도 모릅니다. 부모님을 떠나보낸 분들에게 이야기를 들어보면 부모님이 돌아가신 순간에는 부모님과 이별했다는 사실을 부정하다가, 이어 억울해하고 끝내는 깊은 슬픔에 잠기게 됩니다. 하지만 아이러니하게도 삶에서 큰 뿌리가 사라진 상태가 되어 상실을 온전히 겪고 인정할 때 비로소 우리는 부모님이 주신 사랑을 진심으로 품게 됩니다. 상실의 고통은 사랑의 깊이만큼 찾아오지만, 그 아픔은 결국 우리를 더 따뜻하고 단단한 사람으로 키웁니다. 이것 또한 부모님의 은혜라고 보아야 할까요.

부모님이라는 존재를 떠올릴 때 두 가지 감정이 교차합니다. 하나는 감사이고 하나는 회한입니다. 절에 와서 부모님의 장례를 치르고 49재를 지내는 분들에게 저는 이렇게 말씀드립니다. "여러분이 살아가며 울고 웃을 때마다 떠올리세요. 이 모든 순간은 부모님이 만들어주신 것입니다. 그러니 모든 것에 감사해하며 사셔야 합니다."

감사하는 마음은 부모님과 나를 이어주는 가장 필요한 감정입니다. 살아 계실 적에 충분히 마음을 전하지 못했다면 돌아가신 후라도 그분의 존재에 대해 진심으로 감사하며 최선을 다해 살아야 합니다. 절에 찾아오시는 분 중에 살면서 어머니에 대한 미움과 원망을 가지고 있었지만, 어머니에게 남은 시간이 1년도 채 되지 않는다는 사실을 알고 매주 어머니를 휠체어에 태우고 전국을 다닌 분이 계셨습니다. 결국 어머니는 세상을 떠나셨고, 그 이후 그분은 저를 찾아와 이렇게 말씀하셨습니다. "지난 1년이 어머니와 함께한 시간 중 가장 행복했습니다. 이젠 어머니를 온전히 그리워할 수 있어 너무 감사합니다."

부모님은 떠나시더라도 우리 안에 심어준 모든 것들은 사라지지 않습니다. 부모님을 통해 참는 법을 배우고, 남을 배려하는 마음을 키우고, 삶이 고단할 때 꿋꿋이 걸어가는 힘이 우리에게 여전히 남아 있습니다. 그 사랑과 가르침은 눈에 보이지 않아도 여전히 우리의 삶을 비추는 등불이 되어줍니다. 진정한 이별은 사랑을 멈추는 것이 아니라 그리움 속에서 다시 시작하는 일이라는 것을 알아야 합니다. 삶은 여전히 고단하지만 부모님이 주신 사랑 덕분에 오늘도 무너지지 않고 살아갈 수 있다는 것을 잊지 마세요. 매일 아침에 햇살을 볼 때, 저녁에 문득 하늘을 올려다 볼 때, 부모님의 따스한 손길을 떠올리며 현재의 삶을 감사해하며 사세요. 🙏

세상과 좋은 안녕을
하고 싶습니다

사람은 누구나, 언젠가 이 세상을 떠나야 합니다. 하지만 떠나는 마지막 그 순간을 어떻게 맞이할지는 각자의 삶과 마음가짐에 달려 있습니다. 삶을 살다 보면 어떤 사람은 후회와 미련 속에서 마지막을 맞이하고, 어떤 사람은 평온하고 감사한 마음으로 세상을 떠납니다. 어떻게 하면 이 세상과 좋은 안녕을 할 수 있을까요?

살아간다는 것은 이 세상과 작별할 준비를 조금씩 해나가는 과정입니다. 어쩌면 우리는 매일 세상과 작은 '안녕'을 하고 있는지도 모릅니다. 일상 속 '안녕'이라는 인사는, 단순히 타인을 향한 인사말이 아니라 지금 이 순간 나의 안녕함을 확인하고 건네는, 자기 자신을 향한 다정한 응답이기도 합니다. 그렇기에 세상에 대한 작별을 준비할 때, 가장 먼저 '안녕'을 말해야 할 대상은 바로 나 자신입니다. 자신과의 이별을 받아들이지 못한 채, 세상과의 이별을 준비하는 일은 깊은 고통이 될 수밖에 없습니다. 세상과 좋은 안녕을 하기 위해 가장 먼저 해야 할 일은 나에게 흐르고 있는 이 시간 속에서 삶과 죽음이 함께 흘러가고 있음을 인지하는 것입니다. 그것을 인지하고 나면 비로소 내가 걸어온 삶을 다시 바라볼 수 있게 되고, 남은 시간을 어떤 의미로 채울지 마음에게 묻게 됩니다. 결국, 죽음을 인지하고 수용하는 일은 삶을 온전히 바라보게 만드는 시작이 됩니다.

좋은 안녕이란 내가 숨을 쉬고 있는 이 순간을 충실하게 바라보고 사는 것입니다. 우리가 무심히 지나쳐버린 작은 하루와 기억 속에 사소하게 흔적으로 남아 있는 인연들 그리고 바쁜 걸음 속에 담지 못했던 따뜻한 말 한마디까지, 이 모든 것들이 모여 나의 삶을 만들고 나의 안녕을 완성합니다. 그러니 지금 이 순간을 소중히 여겨야 합니다. 아침에 떠오르는 햇살에 감사하고, 곁에 있는 가족에게 고마움을 전하며, 스스로에게 수고했다고 다정히 인사해주어야 합니다. 아주 작은 것부터 마음을 다해 채울 때, '삶'이라는 상자에 '좋은 안녕'이라는 보석 하나가 담길 것입니다.

그리고 내 안에만 머물렀던 시선을 밖으로 돌려 마음을 표현하십시오. 언젠가 이 세상을 떠날 때, 우리가 품에 담아갈 수 있는 것은 벌어놓은 재산도, 세상이 준 명성도 아닙니다. 그저, 나를 사랑해주었던 이들이 남긴 따뜻한 말과 마음뿐입니다. 그러니 주저하지 말고 먼저 건네세요.

"사랑합니다."
"고맙습니다."
"당신 덕분에 행복합니다."

그러면 언젠가 발끝부터 칠흑 같은 어둠이 서서히 몸을 타고 올라올 때도, 세상의 소리가 멀어지고 귓가에 아득한 고요만 남을 때도, 이 말들이 가장 깊은 곳에서 메아리처럼 들려올 것입니다.

"당신을 사랑했어요."
"당신 덕분에 참 행복했어요."
"당신은 내게 선물이었고, 의미였어요."

이것이 좋은 안녕을 맞이하게 해주는 사랑의 선율입니다. '좋은 안녕'이란, 나에게 이 아름다운 안녕을 남겨준 사람들을 사랑하는 것입니다. 미루지 말고 지금, 이 빛나는 말들을 매일 전하세요.

불교에서는 삶 속에 여덟 가지의 고통이 있다고 말합니다. 그 중에 '미워하고 증오하는 사람을 만나야 하는 고통'이 있습니다.

이 고통은 전생에 풀지 못한 원망과 증오가 만들어낸 과보입니다. 그러니 좋은 안녕을 위해서는 마음속에 무겁게 쌓여 있는 돌덩이를 하나하나 치워버려야 합니다.

누군가를 용서하고, 누군가에게 용서를 구하는 시간은 우리의 생각보다 빠르게 지나갑니다. 그래서 살아 있는 지금, 아직 숨 쉬고 있는 이 순간에 바로 실행해야 합니다. 풀어야 할 매듭을 풀지 못하고 건네야 할 말을 건네지 못하고 세상과 안녕해야 한다면 이모든 것들이 마음 한편에 돌이 되어 떠나는 길을 무겁게 만듭니다. 화해는 상대를 위한 것이기도 하지만, 무엇보다 나 자신을 자유롭게 하는 일입니다. 용서는 과거를 지우는 것이 아니라, 그 상처를 껴안고 그 너머로 나아가는 용기입니다. 거창할 필요는 없습니다. 그저, '미안해' 이 한마디면 됩니다.

"어떤 이는 조금 있어도 베풀고
어떤 이는 많아도 베풀지 않으니,
조금 있어도 베푸는 보시는 천 배의 가치가 있다."

— 〈상윳따니까야〉

세상과 좋은 안녕을 하는 것은 단순히 '잘 죽는 것'이 아니라, '잘 살아가는 것'입니다. 지금 이 순간을 충실히 살아내고, 나누고 베풀며, 감사하는 삶을 살 때 우리는 후회 없이 세상을 떠날 수 있습니다. 오늘부터라도 작은 실천을 시작해보십시오. 미뤘던 일을 용기 내어 해보고, 주변 사람들에게 따뜻한 말을 건네며, 매일 감사하는 마음으로 살아가십시오. 그러면 떠나는 순간에도 우리는 평온하게 '좋은 안녕'을 할 수 있을 것입니다. 🙏

〈법구경〉

善生善死 善行善果
선생선사 선행선과

"선한 삶을 살면 선한 죽음을 맞이하고
 선한 행동을 하면 좋은 복을 받는다."

좋은 행동이 좋은 결과를 가져온다는 것을 잊지 마십시오.

4부

찰나 같은 삶
인식하기

백세시대,
어떻게 살아야 할까요?

"나이 50, 마음은 아직 20대인데 사람들은 나이 든 구닥다리 취급을 합니다. 저는 아직 세상이 너무 궁금하고 알고 싶고 배우고 싶은 게 많은데 세상은 이제 비키라고 합니다. 백세시대, 앞으로 40년은 더 살 것 같은데 앞으로 어떻게 살아야 할까요?"

인생 60까지 살면 큰 고비 넘겼다고 잔치를 하던 세상에서 이제 100세를 바라보는 세상이 되었습니다. 요즘은 외모만 보고 제대로 나이를 가늠하기도 어렵지요. 부모님 세대에겐 연명이 화두였다면 지금 중장년에게는 어떻게 잘 늙는지가 화두입니다. 부모님 세대에 비해 3, 40년은 더 살 수 있으니 이걸 축복으로 봐야 할까요, 비극으로 봐야 할까요. 나이가 들어간다는 것은 단순히 오래 사는 것 이상의 의미를 지닙니다. 신체적인 변화뿐만 아니라, 정신적으로도 성장하고 변화하는 과정이라고 볼 수 있기 때문입니다. 우리는 나이를 먹을수록 경험이 쌓이고, 그 경험 속에서 자신을 돌아보며 새로운 가치를 발견하게 됩니다. 이는 마치 나무가 오랜 시간이 지나면서 더욱 깊은 뿌리를 내리고, 그 뿌리 속에서 더 많은 에너지를 얻는 것과 같지요.

우리가 몸의 근육을 잃지 않기 위해 시간과 비용을 들여 노력하듯, 마음 건강에도 부단한 노력을 기울여야 합니다. 우리는 몸의 근육을 키우기 위해 시간과 돈을 투자하지만 마음의 건강에는 다소 소홀한 경향이 있습니다. 몸을 키우기 위해 운동하고, 식단을 조절하고, 비타민을 챙겨 먹듯 마음의 건강을 위해서도 부단한 노력과 투자가 필요합니다. 열심히 앞만 보고 살다 은퇴의 시점이 되었을 때 이루어놓은 것은 많지만 텅 비어 버린 마음 때문에 고생을 하시는 분이 많습니다. 우울감이 찾아오면 참고, 허무함이 스며들면 나이 때문이라고 생각하고 무시해버리지요. 백세 시대인 지금, 인생 2막을 위해서 나는 오늘 내 마음을 위해 무엇을 했는지, 스스로에게 묻고 실행해야 할 때입니다.

평온한 노년을 위해 마음의 근육을 키울 수 있는 방법은, 첫 번째로 배움에 망설이지 않는 것입니다. 우리의 마음은 훈련하는 만큼 단단해지고, 돌보는 만큼 평온해지며 새로운 정보를 받아들이고 배우는 만큼 확장되는 성질이 있습니다. 실제로 인간의 생과 관련된 여러 연구에서 '50세 이후에도 배움을 지속하는 사람이 그렇지 않은 사람보다 삶의 만족과 정서적 안정을 누린다'는 결과가 있습니다. 특히, 인생의 후반부에 새로운 학문이나 예술을 배우고 접하거나, 성장을 위한 공부에 몰입한 사람들은 삶의 만족뿐만 아니라 내면의 충만함과 삶의 감사함까지 강하게 느낀다고 합니다. 몸의 노화는 멈출 수 없어도 마음의 성장은 평생 지속할 수 있다는 의미입니다. 배움은 단지 새로운 지식의 양을 늘리는 것이 아닙니다. 자기 이해와 성장의 연료이며, 새로운 세상과 연결되도록 도와주는 다리입니다. 늦은 나이에 공부를 시작하신 분들을 보면 성적이나 경쟁에 집중하기보다 열정과 호기심으로 하루하루를 채웁니다. 배움은 나를 더 사랑하고 존중할 수 있는 힘을 준다는 것을 잊지 마세요.

두 번째로 명상을 통한 자기 알아차림의 시간을 가져봅니다. 명상은 마음 체력을 기르기 위해 꼭 필요한 시간입니다. 하루 10분이라도 호흡을 따라가며 흐르는 생각을 바라보는 연습을 해보세요. 마음은 차분해지고, 감정이 "나"가 아니라 아주 작은 일부임을 알아차리게 해 외부의 충격이나 마음의 소용돌이에서도 내가 올곧게 서 있을 수 있도록 중심을 잡아줍니다. 세 번째로 '연결되기'입니다. 과거 사회적 지위와 이해관계에서 벗어난 따뜻한 연결망을 만들어봅니다. 익숙하고 안정적인 관계도 좋지만, 새로운 자극을 주는 관계로의 확장은 삶에 활력을 줍니다. 낯설고 두렵더라도 새로운 사회로 한 발 내딛어보세요. 인간에게 고립은 마음의 병을 키우고, 연결은 마음의 면역력을 키우는 도구가 됩니다. 우리는 모두 누군가에게 필요한 존재입니다. 세상 어딘가에는 분명히 나의 손길과 온기를 기다리는 사람이 있습니다. 내가 누군가에게 도움이 될 수 있다는 사실은 마음속 깊은 곳에서부터 따스한 온기를 피워 올립니다. 그리고 그 온기는 쉽사리 식지 않습니다.

네 번째, 자비심으로 타인을 대하세요. 자비는 나와 타인을 아끼고, 서로 돕는 마음을 말합니다. 작은 도움, 한 마디 따뜻한 말, 나와 다른 생각을 인정하고 바라볼 수 있는 인내, 이 모든 것이 마음의 그릇을 넓히는 수행입니다. 나이를 먹을수록 다른 사람을 배려하는 마음도 더 깊게 가질 수 있습니다. 타인에게 베풀고, 자신을 돌아보며, 시간을 통해 얻은 지혜를 나누는 삶. 그것이 바로 마음이 100세까지 건강하게 살아가는 길입니다. 나이가 들면서 우리가 잃어가는 것이 많지만, 동시에 우리가 얻을 수 있는 것도 많다는 것을 기억하세요.

"건강은 가장 큰 은혜이고, 만족은 가장 큰 재산이다.
믿고 의지함은 가장 귀한 벗이고,
열반은 최고의 축복이 된다."

— 〈법구경〉

타인에게 베푸는 자비와 사랑, 그리고 나 자신을 돌아보는 마음가짐이 우리의 업보를 바꾸는 중요한 열쇠가 됩니다. 나이가 들어간다는 것에 두려움을 느끼며 시간을 보내기보다는, 그 나이를 받아들이고 지금 이 순간을 잘 살아가는 것에 집중하세요. '잘 늙는 것'은 결국 마음을 건강하게 지키고, 삶을 긍정적으로 받아들이는 데서 시작됩니다. 두려워하지 마세요. 자신을 더욱 깊이 이해하는 노년의 여정에 내면의 평화가 깃들기를 바랍니다. 🙏

사람은
왜 사는 걸까요?

각양각색의 사람들을 만나다 보면 우리가 어떤 인연으로 절 마당에서 마주하고 있는가, 참으로 신기한 생각이 듭니다. 어느 날 한 신도분이 다가와 물었습니다.

"스님, 사람은 왜 살아야 하는 걸까요?"

이야기가 길어지겠다 싶어 신도분과 대웅전 마루에 나란히 앉아 앞의 소나무를 바라보며 물었습니다.

"저 소나무는 왜 살아야 할까요?"

"음…. 태어났으니까요?"

"그럼 사람은 왜 사는 걸까요?"

왜 사는가를 알기 위해서는 지금 이 순간 우리가 무엇을 하고 있는지를 보아야 합니다. 우리는 숨을 쉬고, 밥을 먹고, 누군가를 만나고, 다시 이별합니다. 삶은 특정한 의미를 찾아야만 가치가 있는 것이 아닙니다. 살아가는 것 그 자체로 의미가 있습니다. 모든 존재는 서로 얽혀 있으며, 어떤 것도 단독으로 존재하지 않습니다. 지금 우리가 여기 있는 것도 과거의 인연이 이어져 온 것이지요. 우리가 다시 태어나 이렇게 마주 앉을 확률은 마치 물속의 거북이가 천 년에 한 번 수면 위로 올라와, 우연히 떠다니는 나무판의 구멍에 머리를 끼우는 것과 같습니다. 인간으로 태어난다는 것은 그만큼 귀한 일입니다. 그런데도 우리는 때때로 삶이 버겁다고 느낍니다.

삶은 살아가는 그 자체로 의미가 있습니다. 인간만이 스스로를 돌아볼 수 있으며, 깨달음을 얻을 수 있기 때문입니다. 불교에서는 태어나고, 늙고, 병들고, 죽는 것 자체가 괴로움이기 때문에 삶을 고苦라고 합니다. 하지만 괴로움을 피할 것만이 아니라 그 안에서 진리를 찾으려고 노력하는 것이 불교의 가르침입니다. 우리가 삶에서 괴로움을 겪는 이유는 변하지 않는 것이 없는데도, 변하지 않기를 바라는 마음 때문입니다. 사랑하는 사람과 영원히 함께하고 싶고, 건강도 잃고 싶지 않고, 재물도 변함없이 간직하고 싶습니다. 하지만 결국 모든 것은 흐르고, 사라지며, 다시 태어납니다. 우리는 살아가는 동안 많은 인연을 맺고, 그 인연이 닿아 다시 태어납니다. 어떤 인연은 좋은 인연이 되고, 어떤 인연은 아픈 인연이 되기도 합니다.

"사람으로 태어나기 어렵고, 태어나도
오래 목숨 보전하기 어려우며,
살더라도 법이 머무르는 세상 만나기도 어렵지만
법의 가르침 듣기란 더욱 어려운 일이다."

— 〈법구경〉

사람이 다시 태어난다는 것은 새로운 기회이기도 합니다. 만약 이번 생에서 충분히 사랑하지 못했다면, 다음 생에서는 더 따뜻한 마음을 가질 기회가 있을 것입니다. 만약 누군가를 미워하며 살았다면, 다시 태어나서는 그 미움을 놓아볼 수도 있겠지요. 삶이 힘들다고 느껴질 때, 그 순간을 있는 그대로 받아들여 보세요. 그리고 한 가지 질문을 던져보세요.

'내가 이 생을 다시 살아도 좋을 만큼, 의미 있는 삶을 살고 있는가?'

저마다의 답으로 누군가는 더 나은 삶을 살기 위해 지금 자신의 그릇된 부분을 고치려 할 것이고, 누군가는 기회를 놓아버릴 수도 있습니다. 현재의 삶이 아쉽지 않고, 다시 태어나는 것이 두렵지 않게 살아야 합니다.

삶이 허무하다고 느껴질 때가 있습니다. 하지만 허무함은 '삶이 의미가 없다'라는 뜻이 아니라, '아직 내가 발견하지 못한 의미가 남아 있다'는 뜻일 수 있습니다. 그렇다면 원하는 의미를 찾아가면 됩니다. 이 세상은 변하고, 우리는 늘 다시 태어납니다. 중요한 것은 다시 태어나는 것이 아니라, 지금 이 삶에서 무엇을 배우고 있는가 하는 것입니다. 🙏

죽을 만큼 사는 게
힘들다면

"세상이 싫습니다. 삶은 뜻대로 되지 않고, 모든 것이 버겁습니다. 세상에서 사라지고 싶어요. 사람들은 다 저를 지나쳐 가고, 저만 이곳에 남겨진 것 같습니다. 저는 어떻게 살아야 할까요?"

이처럼 삶이 버거워 무너질 듯한 고백을 들을 때면, 마음이 저립니다. 세상을 등진 사람들의 소식도 자주 들려옵니다. 얼마나 삶이 고단하면 사는 것을 포기할까, 마음이 안타깝지요. 절에 오는 분들 중에 홀로 대웅전에 앉아 있다가 아무것도 하지 않고 해가 질 무렵이면 조용히 자리를 뜨는 사람이 있었습니다. 아무런 표정도 없던 분이었는데, 사는 게 너무 지친다고 했습니다. 사회생활을 하면서 좌절을 많이 겪은 것 같았습니다. 저는 물었습니다.

"오늘 밥을 먹었습니까?"

"네, 먹었습니다."

"왜 먹었습니까?"

"……그냥 배가 고팠으니까요."

저는 그분에게 살아가는 것도 마찬가지라고 말해주었습니다. 이유가 있어야만 사는 것은 아니에요. 배고파서 밥을 먹듯이, 사는 것에 이유가 없어도 됩니다. 우리는 살아가는 동안 수많은 감정을 경험합니다. 기쁠 때도 있고, 슬플 때도 있고, 때로는 이 세상이 너무 버겁게 느껴질 때도 있습니다. 그럴 때 세상이 싫다고 느끼는 것은 당연한 일입니다. 부처님께서도 삶은 괴로움이라고 하셨습니다. 그런데 괴로움이 올 때마다 도망치려고 하면, 우리는 평생 괴로움에 휘둘릴 수밖에 없습니다. 괴로움을 그대로 받아들이고, 그것이 우리 삶의 일부인 것처럼 대하면 더 이상 우리를 지배하지 못합니다. 괴로움은 영원하지 않습니다. 우리가 그것을 붙잡고 놓아주지 않기 때문에 계속해서 우리를 괴롭게 하는 것입니다. 흐르는 강물을 붙잡아 둘 수 없듯이 그 감정도 언젠가 흘러갈 것을 기억하세요.

"일체의 현상이 꿈과 같고, 환상과 같고, 물거품과 같고,
그림자와 같고, 이슬과 같고, 또한 번개와도 같으니
이와 같이 볼지니라."

— 〈법구경〉

살고 싶지 않다는 생각이 들 때, 우리는 먼저 스스로에게 물어야 합니다. '나는 정말로 죽고 싶은 것인가, 아니면 단지 너무 살고 싶은데 그 방법을 몰라 힘든 것인가?' 대부분의 경우, 죽고 싶은 것이 아니라 살아가는 것이 너무 힘들어 비극적인 생각과 선택을 합니다. 삶이 기대했던 것과 다르고, 외롭고, 벗어나고 싶다는 생각이 크기 때문에 죽음을 해결의 방편으로 가져오는 것입니다. 하지만 죽음으로 괴로움에서 벗어나고자 하는 것은 회피입니다. 부처님께서는 비록 고통이 크더라도, 삶은 무한한 가능성을 품고 있다고 말씀하셨습니다.

우리는 지금까지 살아오면서 단 한 번도 누군가의 도움을 받은 적이 없을까요? 단 한 번도 웃었던 날이 없을까요? 모든 것이 절망적으로 보일 때, 삶을 다시 돌아볼 필요가 있습니다. 그리고 주변을 향해 도움을 요청해야 합니다. 아기는 배가 고프면 울지요. 넘어져도 울고, 엄마가 오지 않으면 더 크게 울면서 도움을 요청합니다. 그런데 우리는 어른이 되면서 그런 용기를 잃어버립니다. 살면서 힘들다면, 누군가가 들어줄 때까지 울고 도움을 요청하세요. 그래도 괜찮습니다. 우리는 혼자 살아가는 존재가 아닙니다.

삶에 반드시 거창한 의미가 있어야만 하는 것은 아닙니다. 보고, 듣고, 냄새 맡고, 느껴지는 그 모든 것이 나와 연결되어 있기에 의미가 있는 것입니다. 삶의 의미란, 버티고 살아가면서 자연스럽게 만들어지는 것입니다. 삶은 흐르는 강물처럼 그냥 흘러갑니다. 지금 당장 목적지가 어디인지 몰라도 괜찮습니다. 강물은 흐르며 길을 만들고, 그 길이 강의 삶이 됩니다. 바라는 것이 많으면, 괴로움도 커지기 마련입니다. 하지만 내려놓으면, 그 자리에 자유가 찾아옵니다.

IMF 외환위기가 한국을 덮쳤을 때, 양복을 입고 구두를 신은 채 산을 오르는 사람들이 많았습니다. 실직했다는 사실을 차마 가족에게 말하지 못하고, 마치 출근하듯 매일 같은 시간에 산으로 향하던 그들의 발걸음에는 말 못 할 무게가 실려 있었습니다. 저와 인연이 있는 한 분도 비슷한 상황을 겪었던 적이 있습니다. 그분은 실직을 겪고 마음이 너무 괴로워 산에서 생을 마감하려 인연도 없는 산으로 향했다고 합니다. 주머니에는 짧은 유서까지 넣고 말이지요. 그런데 산 중턱에서 우연히 작은 암자를 발견하고 물 한 모금을 마시고 다시 산을 오르려던 찰나, 한 스님께서 차 한잔을 하자고 권하셨다고 했습니다. 그는 스님의 그 한마디에 산으로 향하던 걸음을 멈추었다고 했습니다. 스님과 특별한 이야기를 나눈 것도 아니고, 그저 조용히 차 한잔을 권했을 뿐인데 마음을 고친 것입니다. 그는 더 이상 산으로 올라가지 않고, 그대로 집으로 내려갔다고 했습니다. 훗날 가족과 함께 다시 암자를 찾아와 그날의 마음을 이렇게 전했습니다.

"차를 마시며 문득 생각이 들었습니다. 스님은 깊은 산중 아무도 없는 곳에서 조그만 암자 하나 지키며, 아무것도 가진 것 없어 보여도 편안하게 차를 건네주시는데, 저는 좋은 대학 나오고, 큰 회사 다니고, 도시에 살면서 소중함도 모르고 그 모든 것을 당연히 여기며 살았습니다. 그러다가 고작 실직을 당했다고 가족을 두고 세상을 떠나려 했던 저 자신이 너무 부끄러웠습니다." 그는 집으로 돌아가 가족들에게 모든 걸 솔직히 털어놓았고, 집과 차를 팔아 그 돈으로 작은 가게를 열어 장사를 시작했다고 합니다.

우리는 살아가면서 많은 것을 얻기도 하고, 잃기도 합니다. 그 모든 것들은 결국 한낱 꿈과 같습니다. 하루하루를 잔잔하고 충실하게 살아가십시오. 그러다 보면 어느 순간 그 속에서 작은 기쁨을 발견할 수도 있습니다. 그리고 잊지 마세요. 우리는 서로에게 기대어 살아가는 존재들입니다. 그러니 힘들 때는 도움을 요청하세요. 그리고 자신에게도 말하세요.

"비록 지금 힘들지만, 이 순간도 지나갈 것이다. 나는 살아갈 것이다. 내가 살아 있는 것 자체가 의미이다." 🙏

사람은 죽으면
어디로 가나요?

이 세상에 태어나 숨을 쉬며 살아가는 존재라면, 누구나 한 번쯤은 죽음 이후에 대해 궁금해하기 마련입니다. '사람은 죽으면 어디로 가는가?'라는 질문은 오랜 세월 동안 철학과 종교의 중심에 서 있었고, 불교에서도 중요하게 다루는 주제 중 하나입니다. 불교에서는 사람이 죽으면 단순히 소멸하는 것이 아니라, 그동안의 업에 따라 다음 생이 결정된다고 봅니다. 즉, 지금 우리가 살아가며 행한 말과 행동, 그리고 마음의 상태가 우리 다음 생의 모습과 존재 방식을 결정하는 것이지요. 선한 행위를 한 자는 밝은 곳으로 나아가고, 악한 행위를 한 자는 어두운 곳으로 떨어지는, 지극히 당연한 업의 결과로 다음 생이 결정되는 것입니다.

불교에서는 육도윤회六道輪廻, 즉 윤회의 여섯 가지 길이 있어,

사람이 죽으면 업에 따라 여섯 단계의 세계 중 하나로 태어난다고 말합니다.

지옥도地獄道 - 끝없는 고통과 괴로움이 가득한 세계

아귀도餓鬼道 - 끊임없는 갈증과 굶주림에 시달리는 귀신의 세계

축생도畜生道 - 동물로 태어나 본능대로 살아가는 세계

아수라도阿修羅道 - 신이지만 끝없는 싸움과 투쟁이 있는 세계

인간도人間道 - 고통과 행복이 공존하며, 수행할 수 있는 세계

천상도天上道 - 하늘의 신들로 기쁨과 안락함이 있지만, 결국 다시 윤회해야 하는 세계

윤회의 반복에서 벗어나 열반涅槃에 이르는 것이 불교 수행자의 궁극적인 목표입니다만, 그것은 살면서 자신이 쌓은 업보에 따라 이루어지는 것이므로 현재로서는 알 수가 없습니다. 불교에서는 사람이 죽으면 49일 동안 다음 생이 결정되는 매우 중요한 과정이 있습니다. 이때의 상태를 '귀신'이 아닌 '중음中陰' 또는 '중유中有'라고 하고, '영가靈駕'라고 부르기도 합니다. 아직 다음 생이 결정되지 않은 중간 대기 상태라는 뜻이며, 가마를 탄 귀한 존재라는 의미로 영가라고도 부릅니다. 이 기간에 망자의 영혼은 빛과 어둠 사이에서 길을 찾는다고 합니다. 불교의 수행 지침서인 〈자비도량 참법〉과 티베트의 〈사자의 서〉 그리고 〈지장경〉에서는 "사람이 죽은 후 49일 동안 선업을 쌓으면 밝은 길이 열리

고, 악업을 쌓으면 어두운 곳으로 끌려간다. 남은 가족들은 선행을 베풀어 망자가 좋은 길로 갈 수 있도록 도와야 한다"고 전합니다. 이 때문에 불교에서는 49재四十九齋를 지내며, 망자가 좋은 곳으로 갈 수 있도록 남아 있는 가족과 지인이 기도하고 공덕을 쌓습니다. 남은 자들이 베푼 선한 행위가 망자에게 전해질 수 있기 때문입니다. 마치 내 손에 등불이 없어도 저 멀리서 누군가 불을 밝혀주면 그 빛을 따라 길을 찾아갈 수 있는 것과 같습니다. 살아 있는 이들이 기도하고 베푸는 그 마음이 저세상으로 향하는 망자에게 길을 밝혀주는 인도등引導燈이 되는 것입니다.

많은 사람들이 죽음을 두려워합니다. 그러나 죽음을 두려워하기보다, 지금 이 순간을 어떻게 살아가느냐에 더 초점을 맞추어야 합니다. 우리가 선한 마음으로 살고, 남에게 베풀며 살아간다면 죽음 이후에도 밝은 길, 좋은 인연, 아름답고 지혜로운 삶의 길이 열릴 것입니다. 삶과 죽음은 하나의 회전문입니다.

삶 속에 죽음이 있고, 죽음 속에 삶이 있습니다. 우린 누군가의 죽음을 이야기할 때 '돌아가셨다'고 합니다. 죽음은 끝이 아니고 새로운 삶으로 돌아오는 또 다른 시작입니다. 지금 이 순간을 충실히 살아가는 것이야말로 가장 지혜로운 태도라는 걸 잊지 마십시오.

"대왕이시여, 이 세상에 태어난 자는 이 세상에서 죽고,

이 세상에서 죽은 자는 저세상에 태어납니다.

저세상에 태어난 자는 저세상에서 죽고,

저세상에서 죽은 자는 다시 다른 세상에 가서 태어납니다.

대왕이시여, 이것을 윤회라 합니다."

— 〈미란다왕문경〉

〈열반경〉

諸行無常 是生滅法, 生滅滅已 寂滅爲樂
제행무상 시생멸법, 생멸멸이 적멸위락

"모든 형성된 것은 무상하니, 이는 생멸의 법칙이다.
 생멸이 멸한 후, 고요함이 참된 즐거움이다."

죽음을 자연스러운 현상으로 받아들이고,
현재의 삶을 성실하고 의미 있게 살아가십시오.

어떻게 해야
극락왕생할 수 있을까요?

죽음이 끝이 아니라는 부처님의 말씀이 사실이라면, 우리는 다음 생을 어디서 어떻게 맞이하게 될까요? 불교에서는 극락왕생極樂往生이라는 개념을 통해, 깨달음과 평화가 있는 세계로 나아갈 수 있다고 말합니다. 극락세계, 즉 서방정토西方淨土는 아미타 부처님이 머무시는 곳으로, 윤회를 벗어나 깨달음을 향해 나아갈 수 있는 곳입니다. 그렇다면 우리는 어떻게 해야 극락왕생할 수 있을까요?

극락세계는 단순히 즐겁고 안락한 곳이 아닙니다. 극락은 깨달음으로 가는 길을 온전히 걸을 수 있는 곳으로, 윤회의 괴로움에서 벗어나 부처님의 가르침 속에서 수행할 수 있다고 합니다. 〈무량수경)에서 전하길, 극락세계에는 황금빛 연못이 있고, 바람에 흔들리는 나뭇잎조차도 법문을 설하며 그곳에서 태어난 자는 다시는 괴로움을 겪지 않는다고 합니다. 즉, 극락은 단순한 이상향이 아니라, 영적인 성장과 수행이 이루어지는 곳입니다. 그곳에서는 모든 것이 부처님의 가르침을 전하는 도구가 되고, 우리의 마음 또한 점점 깨끗해질 수 있습니다.

많은 불자들이 묻습니다. "과연 나는 극락왕생할 수 있을까요?" "지옥에 가기 싫은데 어떻게 살아야 할까요?" 대답은 간단합니다. 마음이 향하는 곳이 곧 내가 가는 곳이므로 우리가 생전에 어떤 마음을 품고 어떤 행을 쌓았느냐에 따라 죽음 이후의 길이 결정됩니다. 선한 행을 해왔다면 선한 곳으로 갈 것이며, 악한 행을 쌓아왔다면 당연히 어두운 곳으로 가게 될 것입니다. 지금 마음이 화와 분노의 지옥인데 어떻게 죽어서 극락에 갈 수 있겠습니까?

극락왕생을 원한다면, 살아가는 동안에도 극락의 삶을 실천해야 합니다. 불교에서는 이를 '정토淨土를 이 땅에서 이루는 길'이라고 했습니다. 이 말은 우리가 살아가는 동안에도 다음과 같은 실천을 하면 극락의 마음을 닦을 수 있다는 가르침입니다. 첫째 남을 미워하지 않고, 용서하는 마음을 가져라. 둘째, 선한 행을 베풀고, 남을 돕는 삶을 살아가라. 셋째, '나무아미타불'을 염불하라.

넷째, 욕심과 집착을 줄이고, 현재의 삶을 소중히 여겨라.

이 가르침을 마음에 새기고 죽음을 두려워하기보다, 더 나은 곳으로 가는 준비를 합니다. 그리고, 마지막 순간까지도 마음을 맑게 유지해야 합니다. 사람은 죽는 순간 자신의 평생의 습관과 마음가짐이 드러나기 때문입니다.

"모든 중생들은 아미타불의 명호를 듣고
기쁜 마음으로 신심을 내어 한 생각이라도
지극한 마음으로 저 국토에 태어나기를 원하면
곧 왕생하여 불퇴전의 자리에 머문다."

— 〈무량수경〉

죽음을 두려워하지 마십시오. 오히려 그것은 새로운 문이 열리는 순간입니다. 마지막 순간까지도 나무아미타불을 염하고, 부처님의 빛을 떠올리며 마음을 평온하게 가지는 것이 중요합니다.

극락왕생은 결코 먼 이야기가 아닙니다. 우리가 살아가는 동안 어떤 마음을 품느냐에 따라 우리의 길이 결정됩니다. 나무아미타불을 외우며, 마음을 밝히고, 남을 돕는 삶을 살면 누구나 극락세계로 갈 수 있습니다. 빛을 따르는 자는 어둠에 빠지지 않고, 부처님을 따르는 자는 길을 잃지 않는다고 했습니다. 극락왕생을 바란다면, 마음을 맑게 닦아가십시오. 그리고 그 길 끝에서 찬란하

면서도 따뜻한 빛을 따라가십시오. 그러면 부처님께서 따뜻하게

맞아주실 것입니다. 🙏

돌아가신 부모님,
죽으면 다시 만날 수 있을까요?

"어머니가 너무 보고 싶습니다. 생전 고생만 하다 가신 어머니가 돌아가신 지 3년이 되었는데 아직도 어머니 짐을 쓰다듬고 살고 있습니다. 하늘 아래 나를 가장 사랑해주는 사람이 사라졌다는 것이 이렇게도 큰 고통인지 미처 몰랐습니다. 살아 계실 때 잘해드리지 못한 일, 상처 드린 일만 생각납니다. 다시 엄마와 딸로 만나면 못 해드린 것 모두 해드리고 싶습니다. 죽어서라도 꼭 만나면 감사했다고, 사랑했다고 말씀드리고 못다 한 효도를 하고 싶습니다. 언젠가 제가 죽게 된다면 다음 생에 또다시 자식과 어머니로 만날 수 있을까요?"

백발의 노인을 만나도 가장 보고 싶은 사람이 누구냐고 물으면

'어머니'라고 답합니다. '어머니'라고 나지막이 읊조리는 순간에도 눈물이 저절로 맺히기도 하지요. 어쩌면 '어머니'라는 단어는 생겨날 때부터 눈물을 머금고 태어난 말 같습니다. 그 존재가 얼마나 소중한지 죽어서라도, 다음 생에서도 다시 엄마와 자식으로 만나고 싶다고 얘기할 정도이니 지극한 마음은 그 무엇과도 비교할 수 없지요. 많은 분이 사람이 죽으면 다음 생에서 부모와 자식 간으로 다시 만날 수 있느냐고 묻습니다. 결론부터 말씀드리면 만날 수 있습니다. 단지, 지금 어머니의 모습 그대로는 만나지 못합니다. 지금의 어머니는 오직 현세의 인연 속에서만 존재합니다. 불교에서는 '윤회'를 강조합니다. 윤회는 생명이 죽은 뒤, 그 생명이 새로운 형태로 다시 태어나는 순환을 말하는데, 우리가 살아가는 동안 쌓은 업에 따라 다시 태어나게 됩니다. 지은 업에 따라 누군가는 짐승으로, 풀로, 돌로, 인간으로 여러 형태로 태어나지요.

부모와 자식은 깊은 인연으로 연결되어 있어 윤회 속에서 서로 다른 형태로 다시 만날 수 있습니다. 그러나 그 모습이 꼭 부모와 자식으로 돌아올지는 알 수 없습니다. 그렇기 때문에 우리가 만나는 모든 인연, 즉 동물이든 사람이든 모든 존재를 소중히 여겨야 합니다. 지금 내 옆의 동료가 전생에 나의 가족이었을 수도 있고, 지금 함께 살고 있는 엄마와 역시 전생에 같은 인연이었을 수도 있습니다. 내가 키우는 반려견이 소중한 사람이었을 수도 있다는 얘기입니다. 그러니 모든 존재를 함부로 대해서는 안 됩니다.

이 존재는 내가 그토록 다시 만나길 바랐던 소중한 존재였을 수도 있기 때문입니다.

한국 사찰에 전해 내려오는 이야기가 있습니다. 한 농부가 홀어머니를 여의고, 얼마 지나지 않아 집에서 기르던 강아지가 새끼를 낳았습니다. 어느 날 이웃이 그 강아지 한 마리를 달라고 하여 농부는 그러겠다고 했지요. 그런데 그날 밤, 돌아가신 어머니가 꿈에 나타나, "내가 너를 잊지 못해 그 험한 저승길을 돌아 이제야 왔거늘, 네가 어미를 못 알아보고 다른 집에 보내려 하느냐?" 그리고 이어 말씀하셨습니다.

"저승에 와보니, 생전에 해인사 팔만대장경을 한 번도 보지 못하고 떠난 것이 한으로 남아 있구나. 다시 죽기 전, 나를 꼭 해인사에 데려다주렴."

어머니는 꿈속에서 그렇게 울며 간곡히 부탁하셨습니다. 농부는 그제야 자신이 보내려던 새끼 강아지가 어머니의 환생임을 깨달았습니다. 그리고 정성을 다해 지게 위에 작은 집을 지어, 강아지를 업고 합천 해인사까지 걸음을 옮겼습니다. 사연을 들은 스님들은 깊은 연민의 마음으로 장경각 출입을 허락하였고, 농부는 어머니의 한을 풀어드릴 수 있었습니다. 며칠 후, 어머니가 다시 꿈에 나타나셨는데, "소원을 이루었으니 이제 나는 떠난다"고 말씀하셨고 그다음 날, 새끼 강아지도 조용히 세상을 떠났다고 합니다.

"지금 착한 마음으로 효순하여 뭇 사람의 귀여움과 사랑을
받는 이는 모두 지난 세상 과거 생에 부모에게 효순하고
어른을 공경히 섬겼기 때문에 이루어진 것이니라.
이와 같이 분명하니, 부모님께 효순하여 어른을
섬길지니라."

— 〈불설분별선악소기경〉

우리는 모두 잘살고, 잘 죽고, 잘 태어나길 원합니다. 그것은 결국 살아가는 동안 쌓은 '업'에 달려 있습니다. 업은 우리의 마음과 행동입니다. 우리가 선한 행동을 하고, 타인에게 자비와 사랑을 베풀면, 그 업은 반드시 긍정적인 결과를 가져옵니다. 그러므로 '잘 태어난다'라는 것은 단지 물리적으로 좋은 가정에 태어나는 것이 아니라, 좋은 인연을 만나게 되는 것입니다.

'잘 죽는다'라는 것은 죽음을 두려워하지 않고, 인생을 충실히 살아가는 것입니다. 죽음을 두려워하거나 회피하지 않고, 자신의 업을 깨끗하게 마무리하는 것이 중요합니다. 반대로 인생을 함부로 살았을 경우 지은 업에 따른 결과를 받게 됩니다. 그것은 단순히 불행이나 고통의 의미만이 아닌, 과거에 지은 잘못에 대해 그것을 깨닫고, 바로잡는 기회가 주어지는 것입니다. 다시 선한 마음과 행동으로 공덕을 쌓아야 합니다. 그러니 바로 지금 이 순간, 나의 마음과 행동에 대한 책임을 다하세요. 과거에 지은 잘못을 후회하고, 그것을 바로잡으려는 마음가짐을 가지는 것이 필요합

니다. 과거를 바꿀 수는 없어도, 지금 선한 마음과 행동으로 새로운 인연의 선한 씨앗을 심을 수 있습니다. 오늘 짓는 업이 내일의 나를 만들고, 미래의 인연을 짓는 것입니다. 우리는 매일 매 순간, 자신의 업을 쌓고 있습니다. 그러니 지금이라도 선한 뜻을 품고, 화내지 않는 마음과 고통을 덜어주는 자비 실천으로 더 나은 내일의 자신을 만들어야 합니다.

만남이 있으면 이별이 있고, 떠난 이는 반드시 다시 돌아옵니다. 삶은 끝이 아니라 순환입니다. 지금 내 곁에서 미소를 건네는 이가, 일상의 고단함을 함께 나누는 이가 어쩌면 전생에 나의 부모, 자식, 혹은 어떤 깊은 인연이었을지도 모릅니다. 우리가 다음 생에 다시 부모와 자식으로 만날지, 스승과 제자로 만날지, 그 모습은 알 수 없지만 지금 맺는 인연 하나하나가 다시 이어질 소중한 존재임을 기억하십시오. 🙏

<불설분별선악소기경>

佛言, 人於世間 孝順父母 敬事長老 恭執謙卑
先跪後起 後言先止 常教惡人爲善 從是得五善
불언, 언어세간 효순부모 경사장로 공집겸비
선궤후기 후언선지 상교악인위선 종시득오선

"사람이 세간에서 부모에게 효순하고
어른들을 공경히 섬기며, 공손하고 겸양하며
먼저 꿇고 뒤에 일어나며 뒤에 말하고 먼저 멈추며
항상 나쁜 사람으로 하여금 좋은 일을 하게 하면
이것으로 다섯 가지 좋은 과보를 얻으리라."

부모님이 살아 계실 때 최선을 다해 효도하고, 돌아가신 후에는
후회나 아쉬움 없이 그 가르침을 따르는 것이 중요함을 기억하십시오.

반려동물이 죽었을 때
어떻게 슬픔을 감당해야 할까요?

　　세상을 살아가다 보면 우리는 수많은 인연을 만납니다. 어떤 인연은 스쳐 지나가고, 어떤 인연은 우리 삶에 깊이 스며들어 영원히 기억됩니다. 반려동물과의 인연도 그러합니다. 동물이라고 해서 그 인연의 깊이가 결코 얕지 않지요. 불교에는 여섯 가지 윤회 세상이 있다고 하는데, 그중에 인간 세계와 유일하게 같은 시간과 공간을 사용하는 것이 축생계입니다. 그만큼 인간과 동물이 밀접하게 연결되어 있다고 할 수 있습니다. 게다가 반려동물은 보통의 축생으로 분류하지 않고 조금 다르게 여깁니다. '반려'라는 단어에 그 이유가 있습니다. 반려동물은 우리의 친구이며, 가족이고 때로는 우리를 치유하는 존재이기에 사람들로 하여금 삶의 의미를 갖게 합니다. 또한 정서적으로 교감하면서 생명의 소중함을 일깨워주고, 충만한 행복감을 느끼게 해주기 때문에 우리의 삶에서 없어서는 안 될 존재가 되었습니다.

가끔 소중한 반려동물을 떠나보내고 추모를 위해 절을 찾는 분들이 있습니다. 가족처럼 오랜 시간을 함께했기에 마지막 순간에 예우를 갖춰서 명복을 비는 것이지요. 연등을 달기도 하면서 못다 한 말과 애틋한 사랑을 마지막으로 전합니다. 반려동물이 세상을 떠나면 마치 커다란 세계가 떨어져나간 것처럼 공허함이 밀려옵니다. 함께했던 시간이 만져질 듯 너무나도 선명하게 남아 있기 때문에 그 빈자리가 쉽게 채워지지 않는 것이지요. 해소되지 않는 그리움으로 펫로스 증후군Pet Loss Syndrome을 앓으며 고통을 호소하는 분도 계십니다. 그렇다면 우리는 겪은 적도, 배운 적도 없는 반려동물과의 이별을 어떻게 받아들여야 할까요?

첫째, 슬퍼하는 시간을 스스로에게 허락해야 합니다. 슬픔을 억누르려 하지 말고, 충분히 애도하세요. 눈물이 난다면 울어도 좋고, 그리움이 밀려온다면 온전히 그 시간을 받아들이고 그리워하는 게 도움이 됩니다. 반려동물을 향한 우리의 사랑이 컸던 만큼 슬픔도 클 수밖에 없습니다. 모든 감정이 자연스럽게 흘러가도록 내버려 두시기 바랍니다.

둘째, 이별을 받아들이고 반려동물의 다음 생을 염원하는 과정이 필요합니다. 불교에서는 죽음을 한 생의 끝이 아니라 새로운 생명의 출발이라고 여깁니다. 한 생명이 끝나면 또 다른 인연 속에서 다시 태어난다고 믿기 때문입니다. 슬픔에 머물러 있기보다 반려동물을 위해 다음 생에는 꼭 사람으로 태어나 좋은 인연으로 사랑받기를 염원해주세요. 반려동물이 떠났다고 해서 함께 마음을 나누었던 순간들이 사라지는 것은 아닙니다. 그 사랑은 여전히 우리 안에 남아 있으며, 우리를 통해 또 다른 모습으로 세상에 이어진다는 것을 기억해주세요.

셋째, 반려동물이 우리에게 남겨준 사랑을 나누며 살아가야 합니다. 반려동물은 아무 조건 없이 우리에게 큰 사랑을 주었고, 그 사랑 덕분에 우리의 삶은 더 따뜻하고 풍요로워졌습니다. 이제 우리가 받은 그 귀한 사랑을 다시 세상에 돌려줄 차례입니다. 동물 보호 단체에 후원이나, 돌봄 봉사도 좋습니다. 우리 주위에 도움이 필요한 존재를 돌보고 새로운 인연과 마음을 나누며 사랑하는 방식으로 그 소중한 마음을 이어가도록 하세요.

많은 사람들이 반려동물을 떠나보낸 후에도 여전히 그들의 존재를 느낀다고 말합니다. 보드라운 바람이 스쳐 지나갈 때, 따스한 햇살이 우리를 감쌀 때 등 문득 그들의 온기와 눈빛이 떠오르지요. 때로는 꿈속으로 다정한 모습으로 찾아와 우리를 위로해주기도 합니다. 사랑하는 존재를 놓아줄 때 그 사랑이 더욱 깊어진다는 말이 있습니다. 상실의 슬픔에 머물러 있기보다 함께했던 시간을 감사의 마음으로 간직하고, 그 사랑을 세상과 나눌 때 사랑은 다시 새로운 인연으로 우리에게 찾아올 것입니다. 만약 지금, 소중한 존재를 떠나보내고 힘든 순간을 보내고 있다면 잠시 그 존재를 향해 마음속으로 이렇게 전해보세요.

"너와 함께한 모든 순간이 행복했어. 내 곁에 있어줘서 정말 고마웠어. 이제는 자유롭게 가렴. 그리고 다음 생에도 꼭 사랑받는 존재로 태어나기를 간절히 바랄게."

삶은 흐르고 존재는 떠납니다. 그리고 또다시 돌아옵니다. 반려동물을 사랑했던 모든 분께 이 말이 작은 위로가 되길 바랍니다. 사랑했던 반려동물과 영원히 함께하는 반려의 시간이 시작되었음을 깨닫고, 더 많이 나누고 사랑을 전하는 여러분이 되시길 바랍니다. 🙏

제사를 안 지내면
조상님이 노하시나요?

강연을 하러 가면 질의응답 시간에 가장 많이 나오는 질문 중 하나가 바로 "제사는 왜 지내야 하나요?"입니다. 죽은 분이 음식을 드실 수 있는 것도 아닌데, 정성을 들여 음식을 차리고 절을 올리는 것에 번거로움을 느끼고, 때로는 이로 인해 가정불화가 생기는 것에 스트레스를 받기 때문이지요. 제사에 관한 생각을 물으면 기꺼이 감사한 마음으로 지낸다기보다 어쩔 수 지낸다는 의견이 많습니다. 그런데 왜 우리는 제사를 지낼까요? 그리고 많은 분들이 우려하는 것처럼 제사를 지내지 않으면 조상님이 정말 노하게 되시는 걸까요?

먼저 제사로 인한 불화는 대부분 형식을 지나치게 따르려는 데서 비롯됩니다. 제사는 각자의 형편과 상황에 맞게 저마다의 방식으로 지내면 되는데 엄격한 형식을 강조하고 형편에 맞지 않게 욕심을 부릴 때 문제가 생깁니다. 제사에는 꼭 몇 가지 음식을 차려야 한다 같은 전해져 내려오는 방식을 꼭 따라야 할 필요는 없습니다.

제사의 본래 의미는 조상을 기리고자 하는 마음을 담아 공양을 올리는 데 있습니다. 공양이란 단순히 음식을 바치는 것이 아니라, 그 안에 담긴 정성과 감사의 마음을 조상님께 전하는 행위입니다. 조상님이 실제로 음식을 드시는 것도 아닌데 무슨 의미가 있느냐고 물을 수도 있겠습니다만, 세상에는 눈에 보이지 않는 것들이 많습니다. 바람이 불어도 우리는 그것을 볼 수 없고, 꽃내음이 퍼져도 그 향기를 직접 볼 수 없습니다. 그러나 우리는 분명 그것들이 존재함을 압니다. 조상님을 향한 우리의 마음도 마찬가지입니다. 우리의 삶은 혼자 이루어진 것이 아니라 수많은 인연과 공덕의 결실입니다. 제사는 그 인연을 기억하고 기리는 정성 어린 마음입니다.

많은 분들이 제사를 지내지 않으면 조상님이 노여워하시거나 자손이 불행해질까 봐 두려워 어쩔 수 없이 제사를 지낸다고 합니다. 그러나 불교적 관점에서 조상은 벌을 내리는 존재가 아닙니다. 오히려 감사한 존재에 가깝습니다. 그렇기 때문에 우리가 조상님을 위해 선한 마음을 낸다면 선한 과보의 씨앗인 공덕을 짓는 일이라고 할 수 있습니다. 제사를 통해 감사의 마음을 표현하고, 조상님이 남긴 가르침을 되새기는 것이 제사의 진정한 의미입니다. 또한 우리가 조상의 죽음을 어떻게 대하는지는 다음 세대에게 삶의 가치를 보여주는 하나의 방식입니다. 돌아가신 분께 감사의 마음을 표현하는 것은 우리 삶이 죽음이라는 현상 앞에서도 영원히 기억될 만큼 귀하고 소중한 것임을 일깨워줍니다.

아끼고 소중히 사용하던 물건조차 낡고 오래되어 쓸 수 없게 되더라도 우리는 쉽게 버리지 못하고 간직하려고 합니다. 하물며 삶으로 인연 맺어진 가족은 어떻겠습니까. 세상에서 사라졌다고 해도 일회용품처럼 버려져서는 안 되겠지요. 제사는 삶과 인연을 소중히 간직하는 하나의 정성입니다. 물론 제사를 지내지 않는다고 해서 불행이 찾아오는 것은 아닙니다. 하지만 조상과의 연결고리를 스스로 놓아버린다면, 그 안에서 배우게 되는 가족의 소중함과 감사함의 가치를 잃어버릴 수 있습니다.

형식보다 더 중요한 것은 마음가짐입니다. 전통적인 제사를 지내는 것도 좋지만, 시대에 맞게 자신의 방식으로 조상님을 기억하는 것도 충분히 뜻깊습니다. 차 한 잔을 올리며 감사의 마음을 전하거나, 각자의 종교 성전을 읽고 조용히 명상 속에서 조상님을 떠올리며 기도하는 것도 훌륭한 제사입니다.

세상에 있었던 인연을 기억하고, 그 인연에 감사하는 것. 이것이야말로 화려한 진수성찬보다 더 큰 공양입니다. 우리는 결코 혼자 살다 사라지는 존재가 아닙니다. 나를 낳고 길러주신 부모님이 계셨기에 오늘의 내가 있으며, 그 부모님 위에 또 부모님이 계셨습니다. 그렇게 그 수많은 인연이 쌓이고 쌓여 지금의 우리가 존재합니다. 제사는 단순한 전통이 아니라, 그 인연을 되새기고 감사하는 수행입니다. 마음을 다해 감사하며 나를 존재하게 해준 분들을 떠올려보는 건 어떨까요? 🙏

자식을 먼저 떠나보낸 사람이
웃으며 살아도 되는 걸까요?

부처님 오신 날을 맞아 연등을 다는 때가 오면 다양한 마음들이 절로 모입니다. 그중 특히 마음을 끄는 것이 있는데, 부처님 오신 날을 기념하고 가족의 행복과 행운을 비는 알록달록한 오색등 옆에 달빛처럼 하얀빛을 밝힌 영가등이 그 주인공입니다. 부모님의 명복을 비는 사람, 배우자의 명복을 비는 사람 그리고 자식의 명복을 비는 사람 등 늦은 밤 청아한 빛을 내며 절 마당을 비추는 영가등을 보고 있자면 묵직한 슬픔이 저에게도 전해집니다. 모두의 죽음이 안타깝지만 특히 어린 자식을 잃은 슬픔은 가늠조차 할 수 없을 정도로 큰 충격과 상처를 남깁니다. 그 상처는 부모의 마음속에 깊이 새겨져 시간이 지나도 흐릿해지지 않고, 오히려 더욱 선명해집니다. 영가등을 달기 위해 오신 분 중에 사고로 아이를 잃고, 우울증에 빠져 다시 웃으며 살아도 될지, 앞으로 어떻게 살아야 하는지 묻는 분이 계셨습니다.

자식을 먼저 보낸 그 아픔은 세상의 어떤 고통과도 비교할 수 없습니다. 옛말에 자식을 잃으면 가슴에 묻는다고 했지요. 또한 '망자계치亡子計齒', 죽은 자식의 나이를 세는 아픔이라고도 했습니다. 매년 자식의 생일이 돌아올 때마다 마음속에 묻어둔 슬픔이 다시 고개를 들고, 세월이 흐를수록 고통이 더욱 깊어진다는 의미일 것입니다. 세상사 시간이 약이라고 하지만 절대 치유될 수 없는 아픔인 자식의 죽음을, 어떻게 받아들이고 살아가야 할까요?

이 고통에서 벗어나려 애쓰지 말라고 말씀드리고 싶습니다. 슬픔을 그대로 마주하고, 인정하는 것이 먼저입니다. 지금이 고통스러운 이유는 그만큼 자식에 대한 사랑이 깊고 진실했다는 뜻입니다. 혹여 자식과 함께했던 시간이 짧아 큰 아쉬움이 남는다면 더 간절하고, 깊게 남은 사랑을 떠올리며 스스로를 위로해야 합니다. 아이와 함께 웃었던 어느 날, 아이가 처음 걷던 날, 따뜻하게 품에 안겼던 기억 하나하나가 당신의 삶에 고스란히 남아 있다는 걸 기억하세요. 그리고 다양한 감정이 나를 찾아오고, 또 빠져나갈 수 있게 마음의 문을 열어두어야 합니다. 우리는 끊임없이 누군가와 만나고, 살아 있는 한 다양한 상황에 놓입니다. 때때로 기쁘고, 지치고, 슬픈 날이 계속해서 찾아온다는 얘기입니다. 그럴 때 나의 감정이 나의 마음을 자연스럽게 관통해 표현될 수 있도록 나를 묶은 고통의 사슬을 느슨하게 풀어주어야 합니다. 슬픔을 이겨낸다는 것은 상실의 고통이 없어졌다는 뜻이 아닙니다. 웃음과 기쁨을 다시 찾는다고 해서 아이에 대한 사랑과 애도가 사라졌다고 할 수 없습니다.

언젠가 아픔을 딛고 자연스럽게 미소지을 때, 아이가 남긴 사랑이 당신의 삶에 꽃을 피우는 헌사가 될 것입니다. 당신이 다시 웃을 때, 아이도 밝게 웃을 수 있을 것이며 나아가 그 사랑을 다른 이들과 나눌 때, 아이와 늘 함께 있다는 것을 느끼게 될 것입니다. 그리고 남아 있는 가족들을 바라보세요. 서로의 아픔을 말없이 끌어안아 줄 때 혼자가 아니라는 것을 깨닫게 될 것입니다. 가족들과 함께 슬픔을 나누고 서로의 눈물을 닦아줄 때, 새로운 힘과 희망이 피어납니다. 지금 곁에 있는 이들과의 시간을 더욱 소중히 여기고 사랑으로 채워가세요. 함께 만들어가는 새로운 추억과 사랑이 슬픔을 견딜 수 있는 가장 큰 힘이 됩니다. 당신이 짓는 그 미소 안에는 당신이 잃어버렸던 웃음뿐 아니라 아이에 대한 사랑과 그리움도 함께 피어있음을 잊지 마세요. 아픔을 딛고, 더 깊이 사랑하며, 더 따뜻한 삶을 살아가십시오. 🙏

〈법구경〉

若人壽百歲 不善行不慧 不如生一日 而能行善慧
약인수백세 불선행불혜 불여생일일 이능행선혜

"사람이 비록 백 년을 살아도
선행과 지혜를 행하지 못한다면
하루를 살더라도 선행과 지혜를 실천하는 것이 더 낫다."

남은 삶을 선한 행위와 바른 가르침을 실천하며 살아가는 것이
중요함을 잊지 마십시오.

성진스님 인생 방편집

절 마당에
앉아